시의 정거장

장석남

001

시의 정거장

장석남의 시라고 하는 정거장들

서문
—골대 안에 서 있는 시인

밤의 경기장

—**권터 그라스**(1927~2015)

천천히 축구공이 하늘로 떠올랐다.

그때 사람들은 관중석이 꽉 차 있는 것을 보았다.

고독하게 시인은 골대 안에 서 있었고,

그러나 심판은 호각을 불었다: 오프사이드.

"고독하게 시인은 골대 안에 서 있었"다는 것. 골대를 지키는 것이 시인이라고 말한다. 그것도 고독하게. 축구선수들 중에서 유일하게 명상적인 선수는 골키퍼다. 그는 늘 뒤에 있다. 뒤에 있지만 때로는 최전선에 선다. 그 누구도 그보다 더 최전선일 수는 없다. 그는 고독하고 그가 할 수 있는 최선은 골을 먹지 않는 것이다. 그가 최선을 다해서 맞이할 수 있는 최대치는 영이다. 상대팀의 골키퍼도 마찬가지다. 최선을 다할 때 영(zero)을 지킨다. 제로를 지킨다는 것, 억지를 섞어서 말을 이어가보자. 제로를 지킨다는 것은 얼마나 상징적인가. 시인은 골대 안에 서 있다. 제로를 지키기 위해 그는 서 있다. 그는 승리를 막기 위해 서 있는 것이다. 시인은 누구의 승리도 용납하지 않는다. 시인은 끝까지 무승부를 지향한다. 골키퍼는 자신이 승리할 수 있는 입장이 되지 못한다. 그는 패배 바로 위에 있고 승리 바로 아래에서 꼼짝할 수 없다. 그는 그 자리를 끝끝내 지켜내지 않으면 안 된다. 시인이 그 자리에 있다.

시인은 누구를 편들 수 없다. 시인은 존재 자체의 편이다. 존재 자체를 편들며 존재 자체를 꿈꾼다. 시인은 누구의 승리도 용납할 수 없다. 또한 시인은 누구의 패배도 용납할 수 없다. 그 제로의 공간은 다름아닌 평화의 공간, 화평의 공간이다. 그 공간은 알고 보면 무시무시한 긴장의 공간인 셈이다. 타협하고 싶어도 타협할 대상이 없는 무시무시한 고

독의 공간이다. 날아오는 공을, 부조리를, 어리석음의 파편을, 긴장의 평화를 부수고 승리하려는 도발을, 시인은 온몸을 던져서, 날렵하게, 순발력 있게, 아슬아슬하게, 끝까지 막아낸다. 시인은 그래서 둔할 수 없다. 둔해서는 자격이 되지 않는다. 지혜롭지 않으면 제로는 사라진다. 공의 각도를 줄이고 미리 예비해야 하며 판단력이 빨라야 한다. 눈과 귀가 밝아야 한다. 손은 에로틱할 정도로 길어야 하고 표범 같은 자세로 공을 기다린다. 그렇지 않으면 제로를 지킬 수 없다. 제로가 사라질 때 억압이 오고 피바람이 분다. 시인은 그래서 무리 짓지 않는다. 무리 짓는 순간 승리하려고 한다. 그것은 시인의 적이다. 무리는 공을 넣으려고 달려온다. 시인은 오직 혼자다. 강한 자는 혼자다. 그렇지만 그가 평화를 지킨다. 자기 자신과 더불어 모든 개인들의 골문을 시인은 지키는 것이다.

지금 세계는 심판이 사라진 지 오래다. 오프사이드 반칙을 불어줄 심판이 없다. 이스라엘의 오프사이드, 미국의 오프사이드, 우리 정치권의 오프사이드를 불어줄 심판이 없다. 오프사이드 반칙을 하며 쳐들어오는 공을 그래도 골키퍼는 막아야 한다. 그래서 시인은 고독하다. 시인은 모든 강자들이 최후에는 가장 무서워하는 자가 되어야 한다. 그래서 그 고독은 피투성이지만 감미롭다. 그 골키퍼의, 시인의 손이 유심惟心의 손일 수밖에 없는 이유가 거기에 있다.

시인의 승리는 고독과 긴장과 평화와 불안이다. 오늘도 나는 신발끈을 조이고 골대 앞으로 가는 자의 그림자를 오래 바라본다. 오늘도—제로를 지킬 수 있을 것인가!

차례

일러두기

* 이 책은 저자가 평소에 아껴하던 시인들의 시를 읽고, 그들 시 가운데 고른 한 편을 대상으로 풀이해 엮은 글 모음입니다.
* 시인의 시 제목과 시인의 이름과 생몰년으로 글의 제목을 삼았습니다.
* 글의 순서는 제목의 글자(가나다) 순서를 따랐습니다.
* 글의 말미에 대상으로 삼은 시의 출처를 밝혀두었습니다.

가을 이미지

—조영서(1932~)

가을이라는 물건은 없다. 그것은 시간의 이름이니까. 감이 익어갈수록 가을이 오는 줄 알고 그 감이 짙푸른 하늘에서 모두 사라질 즈음이면 이미 그 자리에 겨울이 와 있다. 어쩌면 '가을'의 어원이 '간다'는 의미에서 온 것은 아닐까? 한 해가 다 간다는 의미에서 말이다. 서울의 도심에서 손수레에 감을 팔러 나온 이가 있으면 이미 가을이 깊어진 것이다.

서울 종로에 어느 날 문득 감을 파는 좌판이 섰다. '소꿉'놀이처럼 다섯 알씩 정성스레 쌓아올린 감은 이내 잊었던 유년의 기억 속을 밝히는 등불이다. '하학길'의 허기진 눈길을 사로잡던 남의 집 담장 너머의 감들. 잠시 '떫은' 기억의 단층斷層 속에 갇힌 사이에 동행은 이미 횡단보도 저편으로 가서 '손짓'을 하고 있다. 그 손짓은 유년에서부터 '나'를 잡아당기고 현재에서부터도 잡아당긴다. 노경老境의 금빛 햇살 속으로 이끄는 손짓인 것이다. 미숙하고 떫은 햇살이 아닌, 맑은 피로써 완성하는 노경을 예감하는 손짓이다. 청색靑色 가을 하늘 같은 노경을 동경한다.

『김춘수 사색사화집』, 현대문학, 2002.

가을 저녁의 시詩

—김춘수(1922~2004)

신문지 맥없이 내려놓고 앉아 있으니 어깨를 툭 치는 감나무 잎. '이봐, 소식은 신문에만 있지 않지!' 새로운 소식이 배달된 셈이다. 가을은 죽음을 보여주는 계절. 비길 수 없이 정한 목숨을 생각해본다. 감나무 잎 따라서 한번 더 낮아진다.

『김춘수 전집 1』 문장, 1984.

가을 햇볕

—고운기(1961~)

사랑이 막 싹트는 여고 2학년, 열여덟 살. 그네들의 걸음걸이에 가을볕이 쨍그랑거리며 부서져내린다. 그네들의 풋대추 같은 얼굴은 보기만 해도 해맑아 고개를 더 들어 시선을 하늘로 보내버린다. 막 싹튼 사랑의 마음은 처음 생겨난 것이므로 '생살'이다. 생살의 사랑으로, 말하자면 '처음처럼' 일생 살고 싶었건만…… 문득 목덜미가 선선해진 기운의 바람 속에 야무지게 내리쬐는, 그래서 모든 생명의 씨앗을 여물게 하는 햇볕의 손을 잡아본다. "참 오랜만이야……"

『자전거 타고 노래 부르기』, 랜덤하우스코리아, 2008.

가정식 백반

—윤제림(1960~)

아직 추위가 가시지 않은 새벽, 사내들이 밀어닥친다. 봄처럼 밀어닥친 사내들. 무엇에도 구애받길 거부하며 자라난 사내들. 요것조것 따지며 살고 싶지 않은 사내들. 그들의 뼛속엔 노모의 근심도, 어린아이들의 애잔한 칭얼거림도 박혀 있겠으나 근육에는 생명이 번쩍인다.

아침밥 먹기 전에 무슨 일들을 하고 왔을까? 집을 짓는 사람들일까? 길을 닦는 사람들일까? 암튼 이 생명력 넘치는 허름한 식당이 그 어떤 새벽 예배당보다 성스럽다. 그 어떤 기도회보다 하나님과 가깝다. 권위가 아닌 생명으로 충만한 이 젊은 아버지들에게 유식한 논란은 필요치 않다. 다만 일이 있어 즐겁고 일이 있어 아름답다. 세상이 이들에게서 일자리를 빼앗아서는 안 된다. 이들에게 푸다 만 듯한 밥공기를 내밀어서는 안 된다. 세상이 이들을 속여서는 안 된다.

이들의 기도는 심플하고 간절하다. '밥 좀 많이 펴요.' 자연스레 백반집 주인은 김 무럭무럭 나는 흰 쌀밥을 퍼주고는 이날 아침 높은 하나님이 되었으리.

『그는 걸어서 온다』, 문학동네, 2008.

강의 안쪽에서

—**전동균**(1962~)

한 낚시꾼이 있었다. 어느 터에 고기가 잘 나온다는 소문을 피하는 한 낚시꾼이 있었다. 그가 낚는 것은 월척越尺도 아니고, 세월도 아니고, 노심초사도 아니고, 와신상담도 아니다. 여유 또한 아니며, 체념도 아니다. 그가 낚고 싶은 것은 아무것도 없었다. 그러자 들오리가 아무렇지도 않게 그 낚시꾼 앞을 지나가고 갈댓잎도 그 뒤를 이어 흘러지나간다. 지나가다가 낚싯대를 친다. 문득 깨닫기를 자기가 그 갈댓잎 위에 앉아 흘러가고 있는 것이 아닌가. 스스로를 낚은 셈이다. 우리 모두는 갈대 같은 배를 타고 강의 안쪽에서 바깥쪽을 지나고 아득한 저 별까지 가야 하는 존재들이니, 아옹다옹들 하지 말자. 배가 뒤집힌다. 그래도 다행이야. 별이 아직 어려서…… 우리보다 오래 우리를 지켜줄 테니까.

『함허동천에서 서성이다』, 세계사, 2002.

개봉동의 비

—**오규원**(1941～2007)

비와 함께 '나'는 배회한다. 별 할 일도 없이. 아웃사이더의 사치 중에는 이런 하릴없는 산보가 으뜸이다. 약방에서 자양강장제 같은 걸 하나 사 마셔도 좋다. 좌판 아지매의 돈주머니도 엿보고 젖가슴도 엿본다. 사과장수의 음탕도 엿본다. 그러나 스스로 소멸해가고 있다는 슬픔은 못내 지울 수 없다. 하는 수 없이 세속사의 언저리나 그저 돌아볼 뿐이다. '광명리의 실룩거리는 입술'은 그래서 메릴린 먼로의 아름다운 입술과 흡사한 것이기도 하다.

『왕자가 아닌 한 아이에게』, 문학과지성사, 1978.

거지의 노래

—**김영석**(1945~)

거지 앞에 깡통 바구니가 있듯이 파는 내용이 조금씩 다를 뿐 다 빌어먹는 일이다. 한데 어찌된 건지 빌어먹는 사람들이 주인을 겁주고 야단치고 군림한다. 세상은 이상도 하다. 땀 흘려 일하는 노동자 농부들, 그들이 실은 가장 거짓 없다. 주어진 일을 하고 그만큼의 대가로 살림을 한다. 일확천금도 없다. 그저 일에 딸린 애환이 있을 뿐이다.

조금 더 깊이 들어가보면 이 몸뚱이도, 이 마음이라는 것도 본래 없었던 것이니 '거지' 맞다. 잠시 얻어 입고 다닐 뿐이다. 빛과 바람이, 똥과 오줌이 지나갈 뿐이다. 거기 질문 하나쯤은 가져야 사람이리. 너무 얻어먹기만 하는 건 아닌가? 한없이 부끄럽다.

『모든 돌은 한때 새였다』, 시와시학사, 2003.

경주 남산

—이하석(1948~)

돌은 하나의 사원이다. 시간을 질러갈 수 있는, 인간에 가장 가까운 별이다. 경주 남산 돌에는 슬픔과 상처가 미소로 피어 있는 모양이다. 슬픔과 상처가 미소가 되어오는 그 시간을 헤아리노라면 스스로 꽃이 되겠다. 감모여재感慕如在라는 말 떠오른다. 돌멩이 하나 주워다가 놓고 기도하자. 상처가 미소가 될 때까지.

『것들』, 문학과지성사, 2006.

고양이가 돌아오는 저녁

—**송찬호**(1959~)

한 사나이가 홀로 살고 있다. 화분도 몇 있고 마당엔 푸성귀가 자란다. 더불어 고요한 짐승인 고양이도 한 마리 벗 삼아 기른다. 그 고양이는 애초엔 떠돌이였으나 이 집의 고독이 좋아 얼마 전부터 이 집에 정 붙여 사는 듯하다. 고양이는 경계선의 짐승이라던가? 야생과 집 사이의 동물. 즉, 시인의 심리로 사는 짐승.

고양이는 야행성이므로 이 고양이가 돌아온 이 집은 이제부터 활동을 시작하는 집이다. 육체는 죽고 정신이 또렷해지는 시간. 여기서부터 고양이는 '고양이'가 아니다. 홀로 사는 이의 고독이어도 좋고 고립을 자처하여 독립을 이룬 정신의 표상이라고 해도 좋다.

이 사나이가 기르는 또 한 가지 아름다운 것이 있으니 그것은 달이다. 오늘 고독의 양식은 '희고 둥근' 달이다. 마음은 달을 핥는다. 다섯 개의 달이 반짝인다. 각각의 눈동자 속 달과 하늘의 그것. 고독과 침묵의 낮고 청빈한 대화가 쌉싸름하다.

『고양이가 돌아오는 저녁』, 문학과지성사, 2009.

고향

—**장대송**(1962～)

어머니는 친정에 가시면 다시는 돌아오지 않으신다. 어머니는 한번 친정으로 돌아가시면 다시는 돌아오지 않으신다. 밀물도 말하고 썰물도 말한다. 봄 갈대들도 말하고 가을 갈대들도 서걱서걱 말한다. 어머니는 친정에 가시면 다시는 돌아오지 않으신다. 어머니의 기일!

『섬들이 놀다』, 창비, 2003.

공백이 뚜렷하다

—**문인수**(1945~)

흰 눈과 함께 새해가 시작되었다. 지난해의 궂은일들이 저 눈 온 설원雪原처럼 지워졌으면 좋겠다. 빈 벽 하나 가지기가 힘들다고 탄식한 작가가 있었다. 웬 붙일 것, 걸어둘 것은 그리 많은지. 이발소 그림부터 수건에 달력이나 잡지 부스러기들도 모두 거기 걸어놓고 기대놓고들 산다. 가난한 집 식구 많듯이. 문득, 달력 바꾸느라 떼어놓고 바라보는 벽면은 화사한 맨살이다. 우리네 1년 살이가 벽에 때를 묻히는 일이었다는 생각을 하게 된다. 세상을 깨끗이 하는 일이 아니라 때를 묻히는 일이라니! '헐어놓기만 하면' 금방 바닥이 드러나는 한 달 혹은 일생! 그 빈 바닥에 '쾅, 닫고 드러눕는' 것이 일생이라면 허망하기 그지없다. 하나 허망을 공부하자. 제가 묻힌 때만 지우고 가도 인생 성공이다. 저 설원처럼.

『적막 소리』, 창비, 2012.

과수원

—이재무(1958~)

완숙해지기 전에 모두 따간다. 완숙해지기 전에 모두 팔아버린다. 제 실력도 제 사랑도 제 꿈도…… 다 익고 나서, 다 익히고 나서 나아가는 것, 일러 과감果敢하다고 한다. 다 익혀 과감히 떨어뜨린 열매가 온전한 새 생명이다. 열매 떨어뜨린 과원의 가지 하늘로 가뿐히 추켜올라가 아무 미련 없을 때 비로소 거룩한 것! 늦된 것만 겨우 서리 아래 여문다. 장하다.

『위대한 식사』, 세계사, 2002.

구름

—김수복(1953~)

사람 사는 일뿐이랴. 세상 만물에게 가장 중요한 일이라고 하면 첫째가 먹고사는 문제요, 둘째가 사랑하는 일이겠다. 어쩌면 그 순서가 바뀔 수도 있겠으나 근원적으로는 그렇다. 그것 앞에 둘 것이 없다. 물론 자유自由의 선결 과제다. 그 이후의 일들은 각자 알아서 순서를 매겨서 하는 것이다. 배고픔은 지나가는 것이 아니라 해결하는 것이요, 사랑은 해결하는 것이 아니라 통과하는 것이다. 같은 점은 둘 다 피해갈 수 없다는 것이다. 모두 어떻든 해결하고 통과해야 한다는 점이다. 그중 사랑의 과정은 저 구름과 같아서 연緣이 닿는 물푸레나무 머리 위에 앉고 해바라기 씨처럼 꿈을 여물리다가도 격정이 일면 해일이 되어 '먼 섬 하나'를 들어올리기도 한다. 마침내 그리운 이의 맘속에 들어가 무지개도 되어보지만 끝내 서러운 강물로 눕고 만다. 그 흐름이 곧 '사랑'이다. 저 강물에 누웠던 사람, 몸과 몸을 통과해가던 살肉들, 다시 또다른 뭉게구름 되어 흘러올 것이다. 우리는 모두 사랑의 운수납자雲水衲子가 아니던가.

『외박』, 창비, 2012.

구천동九天洞

—**박태일**(1954~)

사람이 '혼자 아름다운 여울'이라고 한다. 흐르다가 하얗게 바위 귀에 어깨를 털어버린다고 한다. 가슴 떨리지 않는가? 이쯤에서 숨 한번 내리쉬고 소沼 만나면 잠이나 잔다고 한다. 차고 맑은 잠이리라. 바람 불면 숨어 운다. 울음 안 나오고 배길 수 없으리라. 아홉 하늘 내려와 아홉 구비 울며 내려가는 물소리. 맑디맑은 그 걸음걸이 배우고 싶으나.

『그리운 주막』, 문학과지성사, 1994.

국립중앙도서관

—**고영민**(1968~)

아랫녘엔 매화가 피었다는 소식이다. 옛사람 같으면 몇몇 고우古友들 모여서 술잔을 기울이며 매신梅(매화가 피었다는 소식)을 축하했을 것이다. 그윽한 담소가 봄 들어 처음 입은 흰 두루마기 구겨지는 사이사이에 별살처럼 부서져내렸으리라. 홍매는 붉게, 청매는 푸르게, 백매는 희게 고생 많았다. 그 먼길, 봄을 끌고 오느라고.

도서관에 사람만 다니는 것은 아니다. 거기 매화가, 산수유가, 목련이 다닌다는 걸 시인이 아니면 누가 눈치나 채겠는가. 사람들은 책을 읽겠으나 그 '우주의 시민들'은 거기 온 사람들을 읽는다. 가만히, '고개를 쭈욱 빼고' 내려다본다. '그저 말없이 내려다'본다. 그 눈빛, 참으로 처음 보는 지혜와 '맑음'의 그것이다.

국립중앙도서관에 책만 보러 가겠는가. 매화를, 산수유를, 목련을 읽으러 가지 않겠는가. 또한 그 꽃들이 읽어주는 지혜를 앞섶을 펼쳐서 받으러 가지 않겠는가. 공짜다! 매화, 산수유 가기 전에!

『사슴공원에서』, 창비, 2012.

그 꽃의 기도

—강은교(1945~)

버려진 땅에 꽃 피어난 것 보면 부끄럽다. 그 생에게 지평선과 산들바람과 별 한 채, 그것도 눈감은 별 한 채면 된다. 그믐 속 같은 것이어야 한다. 왜냐하면 피어 있을 만큼, 서 있을 만큼 그리고 눈부신 정도면 되니까. 꿈꿀 수 있다면 이미 충만한 거니까. 큰 기도는 이렇듯 낮으니 그동안 나의 기도는 너무 높았다.

『시간은 주머니에 은빛 별 하나 넣고 다녔다』, 문학사상사, 2002.

기러기의 시詩—낙동강洛東江 12

—**이달희**(1948~)

우리말의 절묘함이 기러기라는 이름에는 있다. 그 울음소리는 끼룩끼룩이고 길게 늘어서서 나니 결국 기러기라고 할 수밖에는 없지 않겠나. 게다가 'ㄱ' 자로 편대를 이루어 날아가지 않던가. 기러기지만 '그러기'라고 하면 또 어떻겠나. 미소가 절로 나오는 긍정의 발음이다.

숲의 모든 나뭇가지가 하늘을 얽어놓으면 그때 맞춰 기러기는 언 하늘 찬공기를 깨치며 겨울밤을 떠메고 온다. 어디서부터 오는지 모르나 날아온 그 나라도 우리나라여야만 할 것 같다. 열 지어 날아가는 모습에서는 질서와 조화를 깨지 않고 하나의 낙오도 없이 무리를 이끄는 참 공동체의 문장紋章을 본다. 때로 잠 못 들어 뒤척이는 자의 아름다운 벗이 되기도 하니 '눈물의 시'의 낭송자요, 뒤를 따르는 외기러기의 모습은 '차고도 맑은 시'의 원형이 아닌가.

『낙동강 시집』, 서정시학, 2012.

기억해내기

—조정권(1949~)

피어나는 꽃들이 감탄을 부른다면 떨어진 꽃은 명상을 낳는다. 꽃을 온전히 보려면 피는 때의 흥겨움만 말고 처연히 지는 꽃길도 터벅터벅 걸어보아야 하리라. 지는 꽃은 눈으로 보는 게 아니라 마음으로 만나는 것이다. 그때 그 꽃은 누군가 내게 어떤 편지로서 보낸 것만 같으리라. 인간의 문자가 아닌 꽃의 문자로 이어지는 길고 흐린 사연들. 경經이 따로 있으랴. 시간이 흘러 어느 이국異國의 골짜기에 나는 있고 한가로운 소들의 목에 단 방울 소리들이 찬란히 풀꽃들을 피워내고 있는 그곳에서 언젠가 만났던 꽃들, 낙화落花의 풍경을 기억해본다. 여기, 이 평화의 화음和音에서 발송되었던 꽃들이었구나! 회통會通하는 우주의 호흡!

『고요로의 초대』, 민음사, 2011.

길

—류근(1966~)

여섯 살 어린아이가 개의 발자국을 따라간다. 개는 사나흘간 아무것도 먹지 않고 앓았는데 눈 온 아침 마당에 발자국을 내면서 어디론가 사라졌으니 궁금했던 것이다. 아이가 발견한 건 개울가에서 죽은 늙은 개였다. 아이에게 그것은 큰 질문으로 다가온다. 개는 왜 그랬을까? "지상에 내리는 마지막 소리를 견뎠을/ 저문 눈빛의 멀고 고요한 허공"을 체험해본다. 눈이 내린 것과 개가 집을 나선 것은 무슨 상관이 있었을까. 눈 오는 고요의 소리가 좋아서 그 소리를 따라가고 싶었던 영혼이었을까? 마지막으로 보았을 눈 내리는 '멀고 고요한 허공'은 과연 그 개의 영혼이 흘러갈 만하게 다정한 손짓이 되어주었을까? 옛말에 개는 집주인에게 제 험한 모습을 보이지 않기 위해 죽음을 앞두고는 집을 나간다고 한다. 키우던 개의 죽음은 한 어린 영혼에게 슬픔도 주었겠지만 고귀한 숙제를 주었다. 그 숙제는 일생 함부로 가는 욕망을 제어하고 멀리 보도록 하는 아름다운 역할을 할 것이다.

『상처적 체질』, 문학과지성사, 2010.

까치밥

—이희중(1960~)

얼었다 녹은 감을 새들이 와서 파먹는다. 까치도 먹고 참새도 먹는다. 지난가을 저 감을 새들을 위해서 남겨두었던가? 아니다. 그저 애써 따려다 실패한 것일 뿐이다. 그럼에도 까치밥이라고, 우리들의 여유라고 이야기하는 것을 본 적이 있다. 손에 닿는 데 있는 것을, 그것도 좀 넉넉히 남겨 놓았다면 그렇게 말해도 되겠으나 그런 제대로 된 까치밥을 보는 데는 폐가廢家이거나 절간이다.

사람은 욕망의 동물이고, 게다가 자기합리화의 동물이다. 정말 까치밥을 남길 줄 아는 지혜를 기르는 것이 생활 속에서의 작은 수행일 것이다. 까치를 부르는 여유, 감나무에 놀러오는 새의 모습과 소리에서 삭막한 겨울 풍경을 따스하게 만들 줄 아는 여유를 진실로 가질 일이다.

감을 따며 또 여러 유실수의 열매들을 따며 당연히 제 것이라고 여기지 말아야겠다. 햇빛과 비바람과 여러 절기節氣의 합창으로 만들어낸 열매가 당연지사 내 것이라고? 고개 숙여 절하며 따 먹을 일이다.

『참 오래 쓴 가위』, 문학동네, 2002.

꽃

—이덕규(1961~)

시골 뜰에는 나리꽃이 한창이다. 이제 막 패기 시작하는 벼이삭들 또한 어느 꽃보다 아름답다. 논둑 곁을 달리는 시골 버스에서 듣는 소리다. "저 나리꽃이 피면 아이들이 방학을 한 거지? 맞지?" "에누리 없지." 그 노인들의 말과 말 사이에 한여름의 더위가 향기롭다. 몇 월 며칠에 방학을 하는 것이 아니라 나리꽃이 피면 하는 방학!

아무튼 요즘 아이들은 방학은 하지만 나리꽃이 필 때 방학이 온다는, 시적인 시간의 단위가 있다는 것은 모른다. 그뿐인가. 아이들은 나리꽃을 모른다. 그것을 자세히 보았다간 학급 순위에서 처진다. 나리꽃은 여름 뜰에 있는 것이 아니라 책 속에 있다. 하여 이 여름 숲에, 뜰에 나팔 소리처럼 떠 있는 그 꽃을 알아보지 못한다. 그것을 자세히 볼 수 있는 시간이 없다. 나는 가끔 우리나라 법관들이 이 여름 한창인 나리꽃을 알까? 그 섭리를 생각해보았을까? 하는 엉뚱한 생각을 할 때가 있다.

모든 꽃들이 흙 속 암흑 살림의 근면하고 긴장된 화투花鬪놀이라는 통찰이 없다면 우리들의 삶은 과연 이승의 제대로 된 꽃들일까?

『밥그릇 경전』, 실천문학사, 2009.

꽃다발

—자크 프레베르(1900~1977)

다 몰라도 여자에게만은 잘 보이고 싶다. 잘 보여야 한다. 그러기 위해 일생이 다 가는지도 모른다. 그들의 영원한 상처를 달래줄 의무가 있다는 '그리스인 조르바'의 소박한 달관에 고개를 유난히 커다랗게 주억거리기도 한다. 영원한 남성의 결핍, 여성. 골병이 드는지도 모르고 덤벼드는 사랑. 눈앞에서 놓치기도 하는 사랑. 승리자인 줄 알았으나 돈냥이나 좀 있는 좀팽이였음을 금세 깨닫기도 하는 여자들. 그래서 다시 마른 꽃을, 아니 아예 플라스틱 꽃을 들고 서서 승리자를 찾는 여자들. 그 꽃을 차지하기 위해 말을 달리는 남자들.

『절망이 벤치 위에 앉아 있다』, 김화영 옮김, 열화당, 1985.

꽃은 언제 피는가

—김종해(1941~)

무엇인가 혹은 누군가를 사랑하는 마음에는 어떤 무늬가 새겨지는 걸까? 진정 사랑하는 마음은 그러나 쉽게 쏟아지거나 내보여지지 않는다. 그 마음은 가령 '물방울 속' 같은 장소에 머물기 때문이다. 그마저도 갇혀 있는 마음이라니! 물의 벽을 한 감옥, 그것이 사랑인 셈이다. 투명하고 또 빛나며 그러나 만질 수 없고 옮길 수 없다. 마치 저승의 물건인 듯해 그것이 나오는 순간은 한 세계의 탄생과 같으므로 '이승'으로 건너오는 것이다. 꽃이란 이름으로 오는 것, 그것의 전신前身이 사랑이었으리라는 깨달음, 그것도 허드레 사랑이 아니라 '물방울에 갇혔던 사랑'이었으리라는 발견은 그러나 아무에게나, 아무 때나 오지 않으리라. 꽃 '피어난다'고 한 까닭이 그것이리라. 귀가 순해지는 나이가 발견한 섬세한 개화開花의 해석에 가슴을 맡겨보는 아침이다.

『봄꿈을 꾸며』, 문학세계사, 2010.

나는 늙으려고

—조창환(1945~)

세모歲暮에 가깝다. 하나의 나이테를 겹쳐 두르는 쓸쓸함이 내 뒤의 긴 그림자를 더욱 무겁게 한다. 무엇을 했단 말인가? 아무 생각이 나지 않는다. 헛것으로 살았단 말인가? 그러했는지도 모른다. 무엇인가를, 누구인가를 간절히 사랑하지 않았다면 헛것으로 산 것이다. 또 한 해가 저문다는 사실만으로도 '북두칠성이 내려와 호수에 발을 적시는' 풍경 앞에 서 있게 하는데 하물며 일생의 저물녘에서야 말해 무엇하랴. 늙는다는 것은 무엇일까. 나의 모습은 '징그러운 얼굴들 뿌리치려 밤새 몸 흔드는 나뭇잎들' 같다. 그러나 그 '징그러운'은 실은 '그리운'의 다른 이름이다. 그리운 얼굴들을 어떻게 뿌리칠 것인가. 노경老境의 가장 큰 과업 중 하나일 것이다. 아쉬움과 후회를 삼키는 세모다.

『수도원 가는 길』, 문학과지성사, 2004.

나무들 5

—**김남조**(1927~)

이즈음은 나무들 곁으로 가야 한다. 귀기울이면 분주한 나무의 노동요勞動謠 소리가 들린다. 뿌리로부터 빨아올리는 물기와 양분들, 가지 끝에는 금방이라도 연두의 잎사귀들이 학교 파한 아이들처럼 쏟아져나올 것 같다. 불그스레한 꽃봉오리가 뚜벅뚜벅 걸어나온다. 과연 어디서부터 오는 걸까? 가을이 오버랩된다. 햇덩어리 하나씩 매달고 서서 웃는 사과나무의 잇몸 붉은 웃음소리를 생각해본다. 무게가 기쁨인 삶을 생각한다. 젊은 아비가 오랜 출장에서 돌아와 아이를 안아볼 때 부쩍 늘어난 무게는 얼마나 큰 기쁨이던가. 내가 지금 지고 있는 이 짐은 기쁨인가 고통인가, 점검해본다. 늘어나는 짐에 '강건한 탄력'이 생긴다면 그건 기쁨이리.

『오늘 그리고 내일의 노래』, 시월, 2009.

나방

—**박형준**(1966~)

밥을 끓이는 일이 '덧없는 출구' 앞에 서는 느낌일 때가 있다. 그래도 먹어야 한단 말이지! 절망 가운데서도 배가 고플 때, 어쩌란 말인가! 때를 놓치고 쌀을 씻는 일은 나방처럼 생존에 덧없는 무늬를 새기는 일에 다름아니다. 보잘것없는 날개들일망정 비상에의 꿈이 마르지 않는 한 언젠가 날아오를 것이다. 우리 영혼은 늘 반지하의 삶과 닮아 있다. 한쪽 귀퉁이 저 눈물의 저수지인 쌀 포대를 보라. '맛좋은 신태인 농협 20kg' 포대일까? 어둠(밤)을 퍼서 밥을 하니 어둠의 갑부들이라 할 만하다. 오늘 같은 날은 호화롭게 먹지 말자.

『춤』, 창비, 2005.

나비

—**김사인**(1956~)

불현듯 마당에 나비가 날아들었다. 아마 공중을 절뚝였으리. 아이 하나 툇마루 끝에서 금방이라도 울음이 터질 듯한 표정으로 꽁보리밥을 뜨다가 나비를 본다. 울어야 하나 참아야 하나. 망설일 틈도 없이 삽시간에 아이를 둘러싸는 천애天涯. 나비는 아이의 턱밑에 더께로 굳은, 평생치의 울음이 애닳아 마당을 몇 바퀴 더 절뚝절뚝 날다가 사라진다. 아버지는 나비가 되어 이렇게 다녀가고 어머니는 새마을 취로사업이라도 나갔을지 모르겠다. 불과 한 세대 전 우리들의 자화상이다. 저 풍경은 성스러운가 부끄러운가. 저 풍경은 역사에 넣어야 하나 외면해야 하나. 그 앞에 무릎 꿇고 싶은 사람. 오는 4월 초순에 만나고 싶다. 시는 이런 방식으로 역사를 기록한다.

『가만히 좋아하는』, 창비, 2006.

나비의 문장

—안도현(1961~)

투명한 실 한 타래 엉어다 다시 풀어보면 문장들 나올 것이다. 간절하고 서러운 사연이 나올 것이다. 배경에 울타리도 나오고 석류나무, 화살나무도 나올 것이다. 그러나 그 사연이 분명 말로 되어 있지는 않을 것이다. 어떤 숨결과 온기, 참을성, 허기, 뭐 그런 것들로 되어 있을 것이다. 실 다 풀면 손 대신 빛이 나타나지 않을까?

『너에게 가려고 강을 만들었다』, 창비, 2004.

나비처럼 가벼운 이별

—**박연준**(1980~)

아이는 외롭다. 아이는 늘 해바라기를 하고 해바라기는 마침내 아이의 목젖을 뜨겁게 한다. "붉어요, 붉어요." 이렇게 외롭고 간절한 흐느낌을 일찍이 본 적이 없다. 아버지가 왔다. 아버지는 아이를 데리고 멀리 강이 보이는 언덕 꽃밭에 쓸쓸한 야유회를 왔다. 이들이 왜 떨어져 사는지 그 까닭 같은 걸 따져보는 일은 이미 이들 생에서 불필요하다. 아버지는 정답고, 그러나 그 정다움은 찰흙으로 만든 인형처럼 허술한 것이어서 외려 화려한 장식까지 필요하다. 끝내 아버지도 뒤돌아 긴 강물을 바라본다. '강물이 여리다는 걸' 아이도 다 안다. 다시 이별을 예감한 아이는 꽃밭을 걷는다. 하나 다행이다! 아이는 이별을 나비로 만들 줄 알고, '이별을 무심히 손에 쥘' 줄 알아서.

『속눈썹이 지르는 비명』, 창비, 2007.

나의 노래

—라빈드라나트 타고르(1861~1941)

눈이 온 후 햇빛이 나면 처마 끝에서 눈 녹은 물이 떨어진다. 다시 날이 어두우면 낙수는 고드름으로 얼어붙는다. 그 끝으로 바람도 스치고 별들도 음악 소리를 내며 지나간다. 굴뚝새도 지나간다. 그것들의 화음和音, 그것들의 조화로움이 다, 음악이다. 인류에게 말이 생기기 전에는 노래가 그것을 대신했을 것이다. 모두가 마음으로 살 때였으니까. 명령과 지시가 생기기 전 감응과 공감으로 살던 시절, 인간끼리가 아닌 만상萬象과 소통하며 살아야 하던 시절이었으니까. 자르고 뚫고 막는 것이 아니라 돌아가고 기다리던 시절이었으니까. 비석碑石이 아닌 노래로 남는 삶을 살고 싶다.

『타골 전집』, 유영 옮김, 정음사, 1974.

냇물에 철조망

—최정례(1955～)

그렇지 않은데도 사람들은 사랑이 지순하게 한곳으로만 죽도록 흐른다고 믿고 싶어한다. 그러나 자기 안에서 어느 순간 서로 다른 곳을 바라보며 다른 춤을 추는 나뭇잎들을 발견할 때 믿음과 사랑은 일종의 재난이 된다. 사랑도 때로 재난이란 사실의 발견이야말로 똑바로 본 사랑 아닌가. 철조망이 아름다운 사랑의 풍경(의 일종)인 이유다.

『레바논 감정』, 문학과지성사, 2006.

노래

—**엄원태**(1955~)

식당 숟가락통에 햇살이 비친다. 저것이 들락거렸을 수많은 입. 국물 훌쩍이는 소리가 들리는 듯하다. 거룩하기로는 십자가보다 못할 것 없겠으나 때로 치욕이 헌 속옷보다 더 묻어나는 물건. 장마당을 돌아다니는 '가설 식당'의 그것이라니. 살아 있는 모든 것은 먹는 것에서 놓여날 수 없으니 모두가 한 번쯤은 이런 식당의 주인공이다.

털 빠진 늙은 개가 한식구다. '가을 저수지' 같은 눈을 하고 힘없이 한구석에서 호객용으로 틀어주는 흘러간 유행가를 듣는 일이 일과다. '희로애락의 설움'을 한탄하는 〈세 박자〉 노래가 늙은 개의 신세와 뼛속까지 닮았다. 이 비천한 풍경 속에도 한 줄기 빛이 휙, 스쳐간다. 우리도 그와 닮았는지 모른다.

『먼 우레처럼 다시 올 것이다』, 창비, 2013.

놋세숫대야

—김선태(1960~)

살림살이에 소리가 많은 시절이 있었다. 물 긷는 소리, 쌀 씻는 소리, 밥 먹는 소리까지. 그 다정하고 사무치는 소리들은 다 어디 갔나? 텔레비전 소리가 다 가져갔고 칸막이들이 다 가렸다. 식구들도 이제 사무적인 시대다.

그럼에도 고향에 가면 칸막이를 벗어난 마당 세수를 하고 싶어진다. 거기 놋세숫대야라면 제법 괜찮은 어머니의 혼수품이었으리라. 쟁그랑거리는 여운 속에다 냉수 퍼담고 잠시 들여다보면 일렁이는 얼굴 속에는 아버지도 있고 큰형님도 있다. 어린 아들도 있다. 거기 아련한 설움 같은 게 없을 리 없다. 떨쳐내듯 푸푸거리며 얼굴을 닦고 맨드라미 흐드러진 마당귀에 물을 세차게 끼얹으면 마음이 후련해졌다. 구시대의 유물이 되어버린 '놋세숫대야'는 어느덧 '신화'가 되어서 농경민 출신의 핏속을 '징소리'처럼 떠돈다.

『동백숲에 길을 묻다』, 세계사, 2003.

눈

—**이선영**(1964~)

한겨울 동지 지나 배나무 보면 '꽃눈'이 나와 있다. 아하! 꽃눈이라! 감탄하며 본 적 있다. 아무에게도 호명되지 않을 때 비로소 내가 어디에나 있는 줄 누가 알았으랴. 나무도 나를 보며 구름도, 냇물도 나를 보고 있음을. 만물이 나를 주시하고 있음을.

『일찍 늙으매 꽃꿈』, 창비, 2003.

느낌

—이성복(1952~)

대고모가 집에 오면 집안 분위기가 든든해진다. 보름날 밤이면 마당이며 옥상이며 한길가가 다 흥성흥성하다. 때 아닌 맞선이라도 보자 하여 못 이기는 척 나설 때 길가의 가로수들은 갑자기 꽃봉오리를 매달고 있는 듯하다. 그렇게, 무엇이라고 딱히 말할 수 없는 것이 있어서 우리와 우리를 둘러싼 사물들을 부풀게 한다. 그 분위기, 그 귀하디귀한 느낌에 이름을 붙이고 나면 그것은 다 달아나버리고 만다. 그러니 우리들 인생에 대한 '설명'이란 얼마나 수가 낮은 것인가. 나아가 제 설명이 정답이라고 우기는 자 앞에서 우리는 얼마나 허망한가.

꽃나무에 꽃이 필 때, 그것도 '처음' 꽃이 필 때 무엇이 왔다고 말하는가. 오랜 기도의 응답이라고 해도 되리라. 그 꽃이 질 때, 신神은 처음으로 뒷모습을 조금 보이시리라. 흰 종이에 물방울이 떨어졌다 남은 얼룩, 어느 느낌이 다녀간 비틀린 얼룩, 우리 모두의 자서전이 그러하리라.

『그 여름의 끝』, 문학과지성사, 1990.

다리 우에서

—**이용악**(1914~1971)

다리가 서는 일은 새로운 시대가 온다는 뜻이었다. 그 다리를 타고 새로운 시간이 오고 새로운 문물이 왔다. 또한 다리가 파괴되면 전쟁이요 암흑이다. 그래서 새로 놓인 다리를 건너노라면 누구나 회고주의자가 되지 않을 수 없다(그것을 재빨리 알아차린 사람이 김수영이다). 남매가 갑자기 고아가 되어서 국숫집을 하던 옛날을 다리 위에서 회고한다. 어른 없는 집에서 꺼진 장명등 불을 다시 켜는 일은 얼마나 무서운 일인가. 그래도 하루는 다 놓고 제사를 지냈으니 제 설움을 곡하기 위해서였으리. 지금도 어딘가 저러하리라!

『초판본 이용악 시선』, 지만지, 2014.

담론痰論

—**윤성학**(1971~)

담은 소곤거리는 병. 큰소리치지 않는 병. 애인처럼 속닥이는 병. 무슨 메시지 같은 병. 병은 병. 자세히 들여다봐도 웃다 우는, 울다 웃는 병입죠. 그 병 큰소리쳐서 내쫓고 싶으나 그럴 수 없는 것. 담론, 디스커션이라고 서양 사람들은 발음하던가? 잘라내고 싶지만 몸안에 있으니 그럴 수 없는 그것, 거 있잖아요. 거……

『당랑권 전성시대』, 창비, 2006.

담장

—**박용래**(1925~1980)

초여름, 마당가에 의자를 내놓고 앉아 있기 좋은 시절이다. 보랏빛 오동꽃은 담장 위에 그늘을 드리운 커다란 잎들 사이사이 피어 있다. 담장은 오동나무 그늘 속에서 영화관의 화면처럼 먼 지난 일들을 '아슴아슴' 상영한다. 지난 일들의 반추, 그 속에 어찌 후회가 없으랴. 노한 일, 하여 누군가의 마음에 상처를 준 일. 돌이켜 사과하고 용서받고 싶으나 돌이킬 수 없다. 이미 그 사람, 이승에 없다. 무슨 큰 죄罪가 되었을까만 못내 마음이 아픈, 함부로 노한 일! 기러기 왔다가듯 너무 일찍 세상을 하직한 누이는 어쩌면 오동꽃으로 다시 왔을지 모른다. 이 오동나무, 혹 딸을 낳으면 심었다는 오래된, 아름다운 풍습대로의 그 나무는 아니었을까? 어느덧 꽃도 하나씩 발등에 떨어지고 심정에 쿵쿵 울리는 낙화落花는 안으로만 소리치는 우레다. 오동꽃이 지는 자리에서 천둥 같은 뉘우침을 얻는 자, 천국에 갔으리.

『먼 바다』, 창비, 1984.

대관령행 완행버스

—**김창균**(1966~)

아득해본 지 오래다. 완행버스 타본 지 너무도 오래다. 그리하여 공평하게 비를 피해본 지도 오래다. 그렇다면 무엇하러 다닌 거지? 무엇무엇 하러 다녔다고 말할 수 있는가 나여. 아득한 것만도 영 못한 일로 분주했구나. 대관령행 완행이 있다니 동해바다를 허리에 묶고 얼근하여 코골며 타보리. 하늘 가까이 가는 차겠구나!

『녹슨 지붕에 앉아 빗소리 듣는다』, 세계사, 2005.

돌에

—함민복(1962~)

한 해를 다 살면 한 해를 정리할 한 문장을 생각해보곤 한다. '잘살았다, 바르게 살자'(이 글자가 새겨진 커다란 돌덩이를 가끔 만난다. 서글퍼진다. 저 아까운 돌에……) 같은 아무런 감응 없는 말 말고 한 해 동안 "나는 몇 그릇의 밥이라도 누구에게 샀던가, 한 해 백 끼니 정도의 밥을 사자" 같은, 삶이 구체적으로 묻어나는 구절로 정리해보면 최소한의 반성反省의 마음이 고이기도 한다.

민주화가 되기 전 유력자의 동생을 기리는 큰 비에 한다하는 시인이 비문碑文을 찬讚한 것을 본 적 있다. 참으로 개운찮았던 기분이 지금도 남아 있다. 금석문金石文이란 그토록 조심스러운 일일 텐데 너무 간단히들 여겨서 말도 안 되는 시비詩碑들도 도처에 많다.

만년萬年 세월 꿈쩍없이 서 있는 바윗돌엔 우리 혀끝에서 나온 말에 비할 바 없는 심대한 언어가 새겨져 있다. 아름다운 삶은 뭇사람들의 마음에 금강석처럼 새겨지는 것! 애먼 돌들을 괴롭히지 말자. 돌이 버려지지 않는가.

『말랑말랑한 힘』, 문학세계사, 2005.

동안

—**이시영**(1949~)

내가 시를 읽는 동안 누군가는 나를 욕할지 모르고 내가 누군가를 욕하는 동안 또다른 누군가는 바흐의 칸타타를 듣고 있을지 모른다. 가장 사소한 시간 속에서 행복은 찾아지지만 그것을 무너뜨리는 것은 외부에서 올 때가 많다. 느닷없이 서울 하늘에 미사일이 떨어진다면? 어느 날 느닷없이 군대에 소집된다면? 어느 날 병病이 오고 또 어느 날 힘겨운 일이 찾아올지 모른다. 역사 속을 뒤져보면 분명 그러한 일들이 있었으니까. 그러나 지금 장미가 한창이고 된장국에 맛있게 식사를 한 나는 이 순간을 행복이라고 부르지 않을 수 없다. 순간은 순간! 지금 누군가에게 남모르는 협박을 당하는 아이가 있고 우울증에 빠진 중년이 있고 암을 선고받는 사람이 있다. 굶는 사람이 있다. 나는 무엇을 할 것인가. 시인은 무엇을 할 것인가. 정치가는 무엇을 할 것이며 부자들은 무엇을 해야 할 것인가. 나무 그늘로 바람이 살랑인다.

『경찰은 그들을 사람으로 보지 않았다』, 창비, 2012.

들풀 옆에서

—박재삼(1933~1997)

울음은 혼자 우는 것이 진짜야. 울음은 호젓한 데에 가서 참는 울음이 진짜야. 울고 나면 조금은 성스러운 사람이 되어서, 울음 쏟아져나간 만큼의 품이 새로 생겨서 안에 들일 수 없던 것들도 안아들이지. 울고 나면 용서할 수 있지. 울음은 작은 들꽃들 곁 울음이 진짜야. 그것들이 같이 해주거든.

『울음이 타는 가을강』, 미래사, 1991.

뜻밖의 만남
—비스와바 심보르스카(1923~2012)

간혹 이런 질문을 할 때가 있다. 잠든 아이를 내려다보며 넌 어떻게 나에게 왔니? 우리는 어떻게 만난 거지? 연인 앞에서, 혹은 늙으신 어머니 곁에서 이러한 내면의 독백이 하염없이 이어지곤 한다. 살아간다는 것은 수없이 많은 만남을 이어간다는 것이다. 그러나 그 만남은 불화와 불통을 동반한다. '너' 앞에서 우리들 내면의 호랑이는 사냥은커녕 우유를 얻어 마신다. 바다의 제왕인 상어가 물에 빠진다. 소통되지 않는 만남은 얼마나 큰 고통인가. 내가 상어일 때 '너'가 바다라면 우리들 만남은 얼마나 아름다운 화음일까?

『모래 알갱이가 있는 풍경』, 문학동네, 1997.

만추

—고찬규(1969~)

만추晩秋라는 놈이 찬비 뿌린 틈을 타 밀어닥쳐서는 마당을 온통 어질러놓았다. 갖가지 빛깔의 나뭇잎들이 여기저기 지천이다. 바람도 없는데 끊임없이 뚝뚝 떨어져 바닥에 앉는 한 생애들. 겨울나기를 위한 나무들의 일종의 의식儀式이다. 길고 긴 종소리가 멀리서부터 오는 듯만 하다. 겸허를 생각하지 않을 수 없다. 우리는 모두 저 나뭇잎만 같은 것이 아닌가.

해 저무는 뻘밭에 등을 둥그렇게 말고는 조개를 캐는 아낙이 있다. 한 생애를 그 썰물의 개펄 속에서만 지냈다. 그녀에게서 문득 종소리가 들려온다. 저 가난하고 힘겨운 운명을 온몸으로 긍정한 거룩함이, 파동이 되어 저무는 햇빛과 함께 눈에 닿고 그리고 가슴에 닿는다. 가슴에 노을이 '울려'퍼진다.

밀레는 '만종'에 기도를 올리는 가난한 농부 부부를 그렸다. 그 종소리는 전 인류의 눈에 '울려'퍼졌다. '나귀처럼' 운명에 순응하며, 곧 찾아올 어둠에 지워질 것이나 여전히 거룩한 생명. 밀물에 지워지는 한 소박한 생애를 생각하는 저녁이다.

『숲을 떠메고 간 새들의 푸른 어깨』, 문학동네, 2004.

맨드라미

—이병일(1981~)

맨드라미처럼 더운 꽃도 없다. 제 키의 반이 닭 벼슬처럼 생긴 꽃이다. 무겁게 꽃을 이고 있거니와 그 빛깔도 걸쭉한 붉은빛이니 덥다고 아니할 수 없다. 아름답다고 해야 할지 괴상하다고 해야 할지 그것은 취향의 문제이겠고, 한데 그 꽃이 부귀富貴의 상징이라고 안팎으로 많이들 심는다. 우리 집 마당 한쪽에도 여름부터 지금까지 여럿이 낭자하다. 그런데 아뿔싸! 가만히 보니 그게 맨드라미가 아니라 수탉이 피 터지게 싸우고 있는 것이었다.

수탉처럼 용맹한 짐승도 드물다. 철저히 제 권력을 지키려 한다. 무모할 정도다. 권력을 잃은 수탉을 본 적 있는데 철저히 보복을 당해 회생할 수 없게 만든다. 그러니 일단 그 투쟁에 돌입하면 모든 것을 걸어야 하는 모양인데 거기엔 체면도 죽음도 없는 듯하다. 족제비에게 물려가는 이 땅의 투계鬪鷄들을 참으로 많이 보아온 터이다.

『옆구리의 발견』, 창비, 2012.

멀리 와서 울었네

—**정은숙**(1962~)

아무도 없는 데로 가서 울어본 적이 있는지. 울려고 가다가 중간에 참던 울음이 쏟아진 적이 있는지. 미처 틀어막지 못한 울음 때문에 두리번거린 적이 있는지. 누구도 오래 머물길 원치 않는 지하 주차장에서 차의 문을 잠그고 누군가 흐느낀다. 아무도 없으니 통곡이 된다. 그 울음이 온 자리는 '자신의 익숙한 자리'이리라. 무엇을 원망하는 것도 아닌, 일상의 터널에 잠겨버린, 오직 스스로를 향한 설움의 만개滿開이다. 멀찍이에서 그 울음을 '발견'한 '나'도 그 울음의 이웃이다. 이게 뭐야. 인생이야? 이게 뭐야. 지독한 질문이 오고 모든 울음의 이웃들이 노래(구어체로의 전환을 보라!)를 이루어 일상을 떠나본다. 그 울음은 삶을 지탱시키는 거름인지 모르네. 그 울음터를 찾아 우리는 멀리 여행을 가는 건지 모르네. 오래 혼자 있고 싶은 건지 모르네. 입산入山하고 싶은 건지 모르네.

『나만의 것』, 민음사, 1999.

메아리

—마종기(1939~)

철썩이는 욕망을 접으면 호수의 노래를 들을 수 있으리라. 그것은 소리로 올까, 형상으로 올까. 안개는 물의 메아리다. 물은 밤새 몸을 바꾸어 노래처럼 이동한다. 유연한 리듬과 절제된 음정으로 천천히 지혜를 구하는 이의 귀를 적시리라. 일상의 피곤은 잠시 놓아두고(없애는 것이 아니라!), 사물에서 풀려나는 몽상을 따라간다. 춤이 되었다가 웃음이 되었다가 품이 되는 물의 변주變奏는 그대로 어머니나 누님의 마음 같다. 바다의 노래는 청년의 노래겠지만, 새벽 호수의 노래는 노경老境의 노래이리라. 어느 골짜기에 숨은 작은 호수를 생각한다. 노경이 그같이 모든 것을 어루만지며 번져가는 호수와 같은 것이 된다면 더할 나위 없으리라. 욕망의 물결을 붙잡아 호수가 되어가는 생을 생각한다.

『새들의 꿈에서는 나무 냄새가 난다』, 문학과지성사, 2002.

명기明器

—이문재(1959~)

우리가 박물관 같은 데서 만나는 아름다운 그릇들의 많은 수가 옛 무덤에서 나온 이른바 명기들이라는 사실은 잠시 청신한 죽음의 사색을 가지게 한다. 저승의 살림살이를 아름답게 꾸미라는 이승의 마음들, 혹은 저승의 살림이 이승의 것보다는 좀더 밝았으면 하는 바람들이다. 그 마음의 문양을 통해 우리는 조선으로도 가고 저 찬란한 고려나 신라로도 가본다. 오래 사는 일은 오래 고생하는 일임에도 우리는 오래 살아야 한다. 왜? 그것이 생명生命, 즉 하늘의 명령이니까. 우리들의 고생은 저승에 가서 면한다. 부富와 명예名譽가 그것을 해결해주지는 않는다는 것이 '오래된 학설'(?)이다. 아름다움이, 선함이 그것을 얼마만큼은 면해준다는 것이 또한 '오래된 학설'(?)이다. 하니 이승의 고생이 부와 명예도 좋겠으나 아름다움을 위한 것이라면, 선함을 위한 것이라면 이 '오래된 미래'는 밝은 그릇처럼 빛나지 않겠나. 고생이 얼마쯤 달콤하지 않겠는가.

『마음의 오지』, 문학동네, 1999.

모닥불

—**백석**(1912~1996)

세 개의 원이 있다. 맨 안쪽의 조그만 원에서는 이제 목숨 다한, 온갖 값없는 것들이 조용히 타고 있다. 부스럭거리는 불의 소리들이 할딱이는 듯하다. 활활 탈 수 없는 사연을 가진 땔감들이다. 가난한 냄새도 조용히 올라온다. 개터럭에 기왓장까지도 함께 들어 있으니 차별하고 구별하지 않은 무기물의 세계다.

그 둘레에 또하나의 원이 있다. 여기는 목숨들의 원이다. 큰 개도 강아지도, 땜장이도 당숙도 더부살이도 주인도 두 손 모으고 서 있다. 역시 아무런 차별이 없는, 오직 따뜻함만을 고루 나누자는 목숨들의 원이다.

그 바깥에 또 하나의 원이 있으니 이 모닥불을 길러온 시간의 원이다. 어미 아비 없는 서러운 아이로, 동상에 걸린, 모닥불 하나 쬘 수 없어 몽당발이 된 곳등 시린 내력이 조용히 둘러서 있다. 선거 지난 지금, 너나없이 누구나 다가가 쬘 수 있는 화평한 모닥불이 하나 있어야겠다.

『백석시전집』, 창비, 1987.

모자

—**장철문**(1966～)

우선 무엇보다 돈 벌기 싫어서 나도 거지가 되고 싶은 적이 있었다. 한데 얻어먹기는 더 어려울 듯했다. 성자가 되고자 했다. 얻어먹기는 마찬가지지만 폼은 좀 나니 수월하지 않겠나. 한데 단체로 너무 일찍 일어나는 것이 문제였다. 나중에 안 사실이지만 늦게 일어나도 된단다. 아무것도 가지지 않고 살고 싶은 소망이 있긴 있었다. 게을러서만은 아닌 까닭도.

『산벚나무의 저녁』, 창비, 2003.

목수와 소설가

—김용범(1954~)

글을 '치는' 시대가 아니라 문장을 '깎고' '새기던' 시대가 있었다. 문학에 젊음을 다 바쳐도 좋은, 신화神話의 시대였다. 무슨 보상을 바랐으랴. 그저 불멸을 향한 탐구요 개인적 혁명의 수행이었다. 어수룩한 한 편의 글을 완성하고는 도저한 낭만의 강둑을 낡은 오버코트를 구해 걸친 채 걷던 시대였다. 가난한 문학청년을 배반하지 않고 지켜주던 연인도 가끔은 있었다. 목수가 나무를 깎아내듯 영혼의 뼈를 깎는다고 여겼었다. 물론 좋은 소식은 쉽게 오지 않았다. '가난한 이들의 천사'는 이미 날개가 상한 채 돌아가 다시 찾을 수 없는 모양이었다. 신춘문예의 계절이다. 수천, 수만 명의 '문청文靑'들이 정신의 뼈를 벼리고 있는지 모른다. 물론 이제는 냉골에서 떨며 글을 쓰지 않아도 된다. 산촌의 소읍에도 훌륭한 도서관 시설이 잘되어 있으니까. 그래서일까? 지나간 시대의 절실함, 그 시대의 깨끗한 낭만은 사라진 듯하다.

『겨울의 꿈』, 고려원, 1980.

못을 뽑으며

—주창윤(1963~)

새 방에는 아무것도 들이지 않으리라 다짐해도 곧 이것저것 늘어난다. 물건이 늘어나고 생각도 늘어난다. 미처 몰랐던 사실들이 드러나며 근심도 늘어난다. 물건은 바닥을 다 메우고는 벽으로 기어올라가기 시작한다. 하나씩 못이 늘어난다. 덩굴식물처럼 못을 타고 올라가는 갖가지 누추한 생生의 징표들. 새로 만나는 사람도 방과 같다. 처음엔 아무 선입견이나 편견 같은 것이 없어서 신선한 메아리도 살았지만 곧 나의 온갖 욕망의 잡동사니들이 걸린다. '나'라는 방에도 타인들의 못들이 가득하다. 내 맘대로 빼지지 않는 것이 비극이다. 입춘이 지났다. 심실心室의 못을 다 빼고 도배를 한다. 다시는 못을 박지 않으리라! 그저 비워서 잠시 앉았다 가는 것들만 들이리라. 그게 생이니까.

『물 위를 걷는 자 물 밑을 걷는 자』, 민음사, 1989.

무논의 책

—이종암(1965~)

모내기 전 논을 갈고 써레질을 해놓고 논두렁을 하면(논물이 빠져나가지 않도록 논 가장자리를 잘 메워 단장하는 것을 논두렁한다고 한다) 빨래한 새 옷처럼 논도 새것이 된다. 흙물이 가라앉으면 거기 하늘이 내려와 반짝인다. "구름이 일어나고 꽃향기 새소리도 피어"나는 것이다. 그것은 심오한 책이다. 어머니 아버지 어린아이 책 읽는 소리처럼 모를 심어나가고 그 책에 엎드려 땀 흘려 몇 번이고 읽어내면 일용할 밥이 나온다. 거기 하늘의 햇빛과 바람과 풀잎들이 적어나가는 문장은 하늘과 땅의 이치를 알려주는 성인의 말씀과 다름없었으리라. 책장의 책보다 훨씬 아름다운, 훨씬 실용적인, 그러나 읽기에 고된 경서經書가 아닐 수 없다.

지금 한창 모내기 끝난 논의 벼들이 뿌리를 내리고 생기 돋아 바람에 흔들리는 모습이 빼어난 문장처럼 반짝여서 삽을 어깨에 멘 할아버지 금니도 빛난다.

『몸꽃』, 애지, 2010.

무밭에서

—이상국(1946~)

날씨 칼칼해지도록 무밭 배추밭은 시퍼렇게 대견합니다. 난 무밭 배추밭이 왜 그렇게 이쁜지 꽃구경은 몰라도 일부러 고랭지 채소밭 구경 가고 싶을 때 있습니다. 가난의 유전 때문인가? 민툿한 무 하나 뽑아보면 놀랍게도 실뿌리 서너 개가 전부입니다. 상근기의 수행인 듯. 어석어석 무 씹으며 시낭송 같은 걸 하면 어떨까요. 무 뽑혀 나온 자리 생각하면서. 울음이 나올까요?

『어느 농사꾼의 별에서』, 창비, 2005.

무엇일까, 내가 두려워하는 것들이

—**신경림**(1936~)

내가 가장 두려워하는 것은 마비다. 생활을 되돌아보는 것을 잊는 것, 제 서 있는 자리가 어디인지를 잊는 것, 연민을 잊는 것, 사감私感을 공분公憤으로 만드는 사악함, 내 안에 분명하게 똬리 틀고 앉은 악惡의 유혹, 그러한 것들은 한번 마비되면 온 정신으로 번져서 제 이익이 곧 선善인 사람이 된다. 교묘한 지식인에게 많이 나타난다. 세상에는 선하게 살려는 이를 집요하게 따라붙어 야유하고 숙덕거리고 유혹하는 이들로 가득하다. 그들은 아름다운 풍경 속에 숨어 있어 따로 구분할 수 없다. 어느 날 그 풍경 속에서 '깡총' 뛰어나와 '나를 모르겠느냐'고 덤비는 것이다.

『뿔』, 창비, 2002.

물새 발자국 따라가다

—손택수(1970～)

문자가 새의 발자국을 보고 생겨나왔다지. 지상의 것과 공중의 것을 반쯤씩 가진 새의 흔적이 문자가 되었다는 것도 큰 생각거리다. 뒤를 가리키며 앞으로 나아가는 새의 발자국을 들여다보며 해석하기를, 날아오르는 힘은 뒷걸음에 있다고 한다. 수많은 첨단이 곧 야만이 되기도 했다는 미래의 전설을 지금 인류가 만들어가고 있는지도 모른다는 의심해볼 만하지 않은가.

『호랑이 발자국』, 창비, 2003.

물음

—**천양희**(1942~)

모든 가정사는 씁쓸하고 불행을 포함한다. 모든 사생활은 들춰보면 서글픈 얼룩투성이다. 그래서 그것을 들추는 자나 들춰지는 자나 유쾌하지 않다. 먹고 배설하는 것이 거기 해당하기 때문이리라. 인간은 사랑하고 이별한다. 만고萬古의 진리다. 뜨거운 사랑에 초점을 맞추면 아름다운 삶이지만 불행에 초점을 맞추면 추해지기 쉽다. 시를 쓰는 일이 불행한 일은 아니다. 그러나 삶이 버거울 때 희망을 노래하기는 어렵다. 이웃이 아프고 산천이 아프고 내가 아플 때 희망을 노래하기는 힘겨운 일이다. 시는 질투가 아닌 사랑이니까. '무지개'가 있는 세상을 꿈꾸는 일, 그것을 열망하는 일을 포기할 수 없기에 오늘도 경제적 가치로는 아무것도 아닌 시를 쓰고 노래를 짓고 그림을 그리는 사람이 있다.

『나는 가끔 우두커니가 된다』, 창비, 2011.

바람의 씨

—**김재혁**(1955~)

꽃을 보자고 심은 이른바 꽃사과나무가 한 주 있다. 그런데 이 나무에 어쩌자고 열매가 맺혀서 하나를 입에 넣어보았다. 맙소사, 제법 사과 맛이다. 어쩐지 미안하다. 꽃에게 양보한 사과라니. 미안한 가을이다. 나무는 뿌리와 잎사귀와 몸뚱이로, 그리고 그가 가진 이목구비로 하늘과 밤과 낮을 모아서 씨를 만든다. 그러니 씨 안에는 그 모든 것이 다 있는 셈. 내가 맛본 것은 하늘의 맛, 밤과 낮과 꿈의 맛이었던 것. '아주까리씨 하나를 입에 넣고' 씹었더니 되레 생각이 깨어난다. 생각은 제 단단한 깍지를 깨고 나와 이리저리 피어난다. '입'은 '꽃'이 되고 또 점점 커져서 생각에 바람을 불어넣는 '풀무'가 된다. 불꽃 속에서 혼절하는 바람의 모습은 얼마나 아름다운가. '지나온 역(시간)'을 향해 흔드는 손짓도 내 안에 바람을 불어넣는 풀무였으니 매일매일 우리는 '혼절한 바람'으로 살아가고 있는 것. 이별 없는 새 만남이 어디 있으랴! 아주까리씨가 불꽃으로, 손짓으로, 바람으로 변신變身하는 과정이 상쾌하다.

『딴생각』, 민음사, 2013.

바위꽃

—정호승(1950~)

북한산 같은, 금강산 같은 데 가면 피어난 듯 환하고 장대한 우리나라 바위들 만난다. 그들이야말로 요순의 정부政府 같다. 언제부터인지 언제까지인지 아득하기 이를 데 없는 평화가 그러나 생생하게 나앉아 있다. 아버지에게서 아들에게로, 아들에게서 손자에게로 피어나가는 유유한 그 평화. '반석 위의 집'이라 함이 그 평화가 아니었을까. 언젠가 아들에게 한 말, '이 바위 속에 큰 기와집 있는 거 알지?' 알까? 알게 될 것이다.

『눈물이 나면 기차를 타라』, 창비, 1999.

반나절 봄

—**도광의**(1941～)

짧다. 싸맸던 목도리를 풀고 곧바로 반팔 옷을 입는다. 봄꽃들 피는가 싶어 좀 들여다보리라 맘먹고 있는데 어느덧 잎사귀만 퍼렇다. '봄'이라는 시간의 이름. 봄만 그러랴. '청춘'이라는 생애 한때의 이름. 한나절도 아니고 반나절이라니.

'반나절'이라는 그 음감과 뜻 속에는 차라리 깊고 긴 심연의 느낌이 깔려 있지 않은가. 무엇을 하기에는 너무 짧은 시간. 아무것도 하지 않기에는 좀 긴 시간. 무엇인가를 시작할 수도 없고 안 할 수도 없는 그 시간의 크기를 알기에 차라리 영원을 추구해보자는 심사다.

저 기차 미카다…… 저 기차는 파시다…… 그렇게 호명하며 기차 구경을 하던 시절이 아지랑이처럼 사라졌고 지금은 시속 2백 킬로미터 넘는 쏜살의 기차가 지난다. 반나절만 살다 간 동생도 있다.

한 노인이 그 언덕에 다시 앉아서 시간의 터널을 거슬러 올라가본다. 아쉬움이 반, 씁쓸한 미소가 반이다. 버들가지가 물속을 들여다보듯이.

우리 전 생애의 길이는 반나절쯤이라고 규정해보고 싶은 찬란한 봄이다.

『하양의 강물』, 만인사, 2012.

밥 생각

—**김기택**(1957~)

흰밥이 내게 말하길 "밥벌레지?" 한다. 나는 고개를 가로젓다 말고 문득 "그럴지도 모르겠구나……" 한다. 또다른 내가 말한다. "그래도 나는 사상을 가졌다. 나는 그따위 것에 연연할 소인이 아니다. 밥맛 좋다는 쌀이나 고르러 다니는 인간이 아니야……" 그러나 그런가? 사상은 밥에서 나오고 사랑도 밥에서 나오고 미래도 밥에서 나온다. 예의도 그렇다 들었다.

밥 앞에 위선자 아니기 쉽지 않다. 밥 앞에 부끄럽지 않은 자 흔하지 않으리라. '코 아래 짐승' 해결해주는 것이 근본의 정치였고 정치며 정치일 것이다. 배부르면 밥 생각, 눈 녹듯 사라진다. 귀하지 않아서가 아니다. 해와 달이, 바람과 산소가 다 공공의 것이듯 밥도 공공의 것이라면 어떻겠는가. 굶는 백성이 있다면 그건 나라도 아닌 것. 하하. 밥은 짓궂기도 하여라. 거지나 성자나 제왕이나 종이나 잡아당겼다 놓았다 한다.

『바늘구멍 속의 폭풍』, 문학과지성사, 1994.

밥숟갈을 닮았다

—**최승호**(1954~)

숟가락! 비루하기도 하고, 거룩하기도 한 이름. 혼자 밥을 먹다 누군가에게 들킨 일이 있다면 알 것이다. 그 정체를 알 수 없는 부끄러움을…… 하나 그게 왜 부끄러운 일이던가. 밥벌이가 없는 가여운 생生에게 한 끼 밥은 얼마나 거룩하고 눈물겨운 신앙인가.

왜 그랬는지 숟가락을 모아본 적이 있다. '목숨 수壽' 자가 새겨진 옛 양은 숟가락, 하트 모양에 까맣게 때가 낀 것도 있었다. 솥바닥을 긁어 반달 모양으로 닳은 숟가락. 그것들을 물끄러미 바라보며 참 인간 욕망의 형상이구나 싶었다. 영원히 배고프고 홀쭉한 몸뚱이에 머리 전부가 입인 아귀餓鬼의 형상. 그것을 닮은 게 솔직한 우리네 인생이라고 하면 저 '강남 스타일'은 섭섭해하려나?

숟가락 하나 차고 다니는 게 인생이다. 숟가락 들 힘도 없으면 그만 멈추는 인생이다. 하나 죽어서도 배가 부르게 해주십사 기원하는 게 종교라면 그것도 숟가락을 닮았다.

『세속도시의 즐거움』, 세계사, 2006.

밥해주러 간다

—**유안진**(1941～)

소에게 여물을 줄 때 그 손은 거룩하다. 소의 여물 먹는 소리는 지상地上 최고의 음악이다. 종일 굶은 개에게 저녁밥을 줄 때 동쪽 하늘의 별은 거룩한 빛으로 바뀐다. 젖 뗀 아이에게 밥을 먹일 때 밥풀 묻은 볼따귀와 포도송이 같은 눈빛은 마음으로 스며들어 이내 어찌할 수 없는 커다란 저수지를 만들어놓는다. 저세상 태초太初로부터 흘러온 물길, 다시 저 태허太虛로 흘러가 닿는 생명의 물길! '모성母性'이라거니 '사랑'이라거니 '아가페'라거니 하는 말로는 담을 수 없는 겹겹의 감격이 거기에는 있다. '자식 밥 먹이는 일'이 모든 일의 우선이며 많은 사람이 자식 밥 먹이기 위해 길 위에 있다. 이보다 더 아름다운 말도 실은 없다. 못나고 부족한 자식은 더 마음이 쓰인다. 실제로 못나고 부족한 것이 아니지만 세상의 해괴한 잣대는 그렇게 서열 지어 묶어놓는다. '취직 못한 막내눔'이 점점 많아진다. 서둘러 적색赤色 신호등을 건너는 할머니도 많아진다.

『걸어서 에덴까지』, 문예중앙, 2012.

벼루를 닦으며

—이근배(1940~)

붓을 들어 문장을 쓰는 시대는 아니다. 먹을 갈며 마음을 가지런히 하고 분憤과 기쁨을 벼리는 시대도 아니다. 이제 우리 시민들의 지극히 일부에서만 붓을 붙잡고 힘을 길러 글자를 새기듯 쓴다. 일천한 경험이지만 그렇게 글씨에 정신을 모으고 손의 힘도 기르다보면 글자의 의미와 아름다움이 또렷하게 정신에 새겨지게 된다. 반듯하고도 기우뚱한 그 어디쯤에서, 빠르다가도 다시 더듬거리는 그 어느 휘어짐에서 인생의 굴곡이, 호흡이, 아름다움이 어떠한지 함께 받아들이게 된다.

어느 날 벼루를 하나 장만하여 들여다보니 저 수수만 년 이전, 역사 저편의 시간이 거기 눈을 뜨고 있다. 목숨을 내놓고 상소문을 새기던 충신의 문장이 또한 이 작은 돌의 골짜기에는 숨어 있다. 그뿐이랴, 꽃그늘 아래 내력 깊은 풍류의 그림자도 어른거린다. 간신의 달콤한 말솜씨가 아닌 충신의 쓰디쓴 문장이 여전히 인간의 자유며 온전한 자유라고 벼루는, 영원에 닿아 있는 돌의 담담한 위력으로 말해주고 있다. (사족이지만 어린 시절 먹글씨를 조금씩만 가르쳐도 인성교육은 저절로 해결될 줄로 안다. 교육 당국자들은 그걸 모르는가보다!)

『사랑 앞에서는 돌도 운다』, 시월, 2008.

별

—이병기(1891~1968)

우리가 참으로 공부한다는 것은 번잡한 것을 이겨서 맑고 투명한 세계에 이르기 위함이라는 간단한 진리를 늘 놓치고 살아요. '바람이 서늘도 하여 뜰 앞에 나서'는 공부가 얼마나 높은 단계의 공부인가를 우리들은 놓치고 살아요. 말들이 뒤엉켜 있는 시는 따라갈 수 없어 어렵지만 이 시는 다 따라가서도 어려워요. 참으로 난해한 시예요. 왜냐구요? 몰라요? 쉽지만, 참으로 쉽지만 저럴 수 있어요? 끝끝내 행복이 지극한 난해! 끝내 해석에 저항하는 저 무궁! '산뜻한 초사흘 달'의 저 난해! 온몸으로 온몸을 밀고 가서……

『가람문선』, 신구문화사, 1966.

봄

—**이성부**(1942~2012)

해마다 봄이면 벚꽃 개화 예상도가 발표된다. 한반도를 지나가는 벚꽃의 날짜별 등고선이다. 여름철 태풍의 진로를 예상한 지도와 닮았지만 그와는 정반대의, 찬란한 웃음판들의 이동 속도와 진로를 본다고 해야 할까?

그 지도를 한참 보고 있노라면 꽃은 피어나는 것이 아니라 저 아득한 남쪽 어디에서부터 비롯하여 밀물져 밀려오는 것이기도 하다는 생각에 미치게 된다. 그 꽃들의 집단적 걸음걸이는 내가 사는 고장을 지나 내가 사는 산천을 뚜벅뚜벅 걸어서 벗어나간다. 그 꽃들의 등고선이나 따라가며 살아보는 것은 어떤가…… 하다가 문득 깨어난다.

봄은 '한눈도 좀 팔고 싸움도 한판 하는' 모습일 수 있다. 봄은 도덕적으로 오는 것이 아니란 것, 그보다 더 크게, 피투성이 흙투성이로 온다는 것을 이 시는 지난 엄혹한 시대에 보여주었다.

『우리들의 양식』, 민음사, 1974.

봄날—도배 일기 18

—**강병길**(1967~)

양지쪽엔 쑥이 제법 새순을 틔웠다. 봄이라고 부르기엔 아직 이른 봄날, 모양낼 것 없고 생긴 대로 깨끗하게만 해 놓으면 되는 월세방 일은 쉽게 끝났다. 연장을 챙겨 나오다 보니 주인이 대문에 종이를 붙인다. 언뜻 보면 반야심경 한 구절 같은 "삭을새놈 보중오십 월십오만 지름보이라" 보증금 다 까먹고도 안 나가는 통에 내보내는 데 애먹었다며 투덜거려도 유리테이프로 꼭꼭 눌러 붙이는 솜씨 능숙하다. 누군가 인생의 한겨울 삭히고 떠나며 남긴 게송치곤 남루하다.

『도배일기』, 지혜, 2011.

비

—**황인숙**(1958～)

맨발로 와서 여기저기 걷다가 이쁜 신발 나타나면 신는다. 흰 고무신도, 돌쩌귀도 신는다. 일찍 조퇴하는 소녀의 귀밑머리도 신는다. 비는 그러기 위해 맨발로 온다. 겨울이면 눈이 되어 버선발로 온다. 피곤한 사내의 어깨도 자근자근 밟는다. 밟혀도 어깨는 하나도 안 아프고 가볍디가볍다. 다 '님'이기 때문!

『새는 하늘을 자유롭게 풀어놓고』, 문학과지성사, 1988.

비에도 그림자가

—나희덕(1966~)

소나기 와당탕 송아지떼처럼 뛰어서 지나갈 때 문득 가까운 집 처마 아래 숨어들어 곁에 선, 낯모르는 이에게서 오는 살 냄새도 은근히 마시면서 외면해보신 적 있으신지. 그뿐인가. 소나기가 하는 일이. 한여름 일부러 노상에서 과일을 사는 이의 마음이 비 개인 하늘빛이다. 할머니가 파는 것이 어디 과일뿐인가? 비가 세차도 젖지 않는 '고슬고슬한' 마음과 둥근 어깨의 메시지. 커다란 백화점에서보다 이 극빈의 노점에서 우리는 물건보다도 더 큰 것을 살 때가 있다. 비의 그림자, 그러니까 빛도 그렇게 장만하는 것이구나. 그 자둣빛! 알지?

『사라진 손바닥』, 문학과지성사, 2004.

빈집

—**김선우**(1970~)

아버지는 돌아가셨고 엄마는 푸성귀 몇 다발 뜯어 저자로 나갔어요. 잠에서 깨어보니 혼자였어요. 울다가 가만 생각해보니 아무리 울어도 별 소용이 없다는 생각이 들어서 울지 않기로 했어요. 현기증이 좀 났지만 그냥 마당가에서 엄마를 기다리기로 했어요. 오시긴 할 거예요. 안 올까 망설인 표정이 있을지도 몰라요. —이를 어찌하면 좋은가. 무심히 깨꽃 빨아먹으며 바라보는 내 유년아. 우리나라야.

『내 혀가 입 속에 갇혀 있길 거부한다면』, 창비, 2000.

사과 한 알

—**홍영철**(1955~)

빨간 홍옥 하나 흰 접시에 놓고 보면 처음엔 이쁘다가 좀 지나면 시디시다가 또 좀 지나면 신기하고 신비하다가 또 좀 지나면 질문이 오지요. 어디서 왔을꼬. 이 빛 이 모양 이 꿈 이 생명. 사과가 걸어온 길 따라가면 하나님도 부처님도 다 있을 것. 칼을 들고 하나님을, 부처님을 깎아서 아삭아삭 먹지요. 가만! 조금만 바라본 다음 칼을 듭시다!

『작아지는 너에게』, 문학과지성사, 1982.

사월 비

—이제하(1937~)

친구들과 조그만 잔칫상을 벌였다. 간혹 촌스러운 친구의 입에서는 옳으니 그르니가 나오기도 하지만 꽃밭처럼 흥겹기만 하다. 작약은 작약의 사투리로 말하고 민들레는 민들레의 음성으로 말하고 바람은 바람의 혀로 재잘대고…… 잔을 세지 않고 술을 권하지 않고 제답게 먹고 떠드는 좋은 잔치를 벌였다. 그 재미도 끝나고 거리에 나선 길, 비가 온다. 가랑비가 온다. 보소, 보이소, 경상도 사투리를 쓰는 가랑비다. 함께 가랑비 속을 걷던 그녀는 지금 뭐 하고 살까? 가랑비가 붙잡는다. 주머니가 텅텅 빈 이 사내는 과연 패배자인가? 사랑한다고 따라붙는 4월의 가랑비가 있는데도? 비 끝에 새싹이 돋으리. 새싹으로 돌아가 다시 살고 싶으리.

『빈 들판』, 나무생각, 1998.

산속의 가을 저녁

—왕유(699~759)

시는 특정 메시지는 아니다. 시는 시! 이 오래된 시에 들어가니 여전히 간단하고 맑고 깊은 휴식이 기다린다. 그렇다면 시는 때로 휴식처라는 말. 휴양림에 가면 몸이 좋아한다. 정신도 이런 휴양림에 닿으면 구두끈이 풀린다. 허리끈이 풀린다. 비가 오고 가을이 오니 고깃배와 봄의 풀들은 간다. 그런 것이다, 라고 말하지 않고 그렇다!

『중국시가선』, 을유문화사, 1981.

새를 기다리며

—전봉건(1928~1988)

문득 가을 기운을 느끼니 새삼 아름다운 누군가를, 무엇인가를 기다려야만 할 것 같다. 가만 생각하니 진정 마음이 두근거리는 기다림 없이 산 지도 오래되었다. 전화벨도 나쁘고(왜? 8할이 광고 전화다!), 얼룩 묻은 육필肉筆 편지도 없는 시대. 실용實用과 효율만 있는 시대. 꿈이, 상상이, 초월이 사라진, 여백이 없는 삶이 버겁다. 그런 설레는 기다림이 없는 대신 음악을 듣는다. 인쇄한 그림을 액자에 넣어 진정 그림을 즐기는(자랑하는 것이 아닌!) 이 가난한 시인이 듣던 바흐를 골라 듣는다. 수석壽石을 즐겼다는 이 청빈한 시인이 새까만 돌들 세워둔 옆에서 돌들과 함께 들었을 바흐다. 내가 듣는 오디오 기계가 이 낡은 카세트보다 수십 배는 비싼 것일 테고 음질도 나을지 모르겠지만 결코 새가 오지는 않으리라. 나는 바흐의 선율을 타고 시인의 방을 찾아간다. 예술가들이 모였고 못 보던 새가 시인의 머리에, 손바닥에 앉아 있다.

『전봉건 시전집』, 남진우 엮음, 문학동네, 2008.

새우젓

—**윤후명**(1946~)

새우는 참으로 아름다운 물고기인데 그 늠름한 수염과 투명한 갑옷이 일품이다. 게다가 맛까지도 좋고 값도 크지 않아서 우리네 밥상의 오랜 단골이다. 제백석齊白石의 새우 그림을 볼 때마다 아, 좋다……, 감상의 말이 절로 나온다. 눈으로도 아름답지만 불경스럽게도 식욕까지 건드린다.

오랜만에 올라온 밥상 변두리의 새우젓, 가만 보니 새까만 눈알들이 명징하다. 그 눈빛이 한꺼번에 옛 하루로 나를 이끈다. 지금은 사라진 '사리포구'. 새우젓이 많이 나던 고장인데 그 시절 '삶에 질려 아득히 하늘만 바라보던' '까만 두 눈'이 기억 속에서 '돋아 나오는' 것이다.

육신은 죽고, 죽어 썩어도 결코 죽지 않고 썩지 않는 것이 있으니 그것은 사랑의 눈동자라고, 사랑은 그런 뜻이라고, 아득한 한순간이 빛난다. 하찮기 그지없는 새우젓이라는 소찬素饌에서 발견한 영원이 투명하다.

『쇠물닭의 책』, 서정시학, 2012.

소금이 온다

—**김주대**(1965~)

뭍을 그리워한 바다가 일생(바다의 일생이란 도대체 몇억 겁일까?) 간절히 그리워한 결과가 소금이라고 하니 고개를 끄덕이는 '바다의 유언'이 아닐 수 없다. 나의 학창 시절 교훈이 '빛과 소금'이었으니 세상을 썩지 않게 한다는 것에 대해 생각해보았었다. 소금, 아주 조금, 최소한으로 필요한 것이나 결코 그것 없이는 모든 생명이 생존할 수 없는 것이니 물질로서도 그렇고 상징으로도 금은보화에 비하랴. '지조 높은 고독의 모습'을 소금에게서 본다. 그것은 '양심'이라는 것이겠다. 정직하지 않으면 불행해진다. 그것만은 믿고 싶다!

『그리움은 언제나 광속』, 현암사, 2015.

소사 가는 길, 잠시

—**신용목**(1974~)

여행에서 돌아와 얼마간의 시간이 지난 후 기억에 남는 것을 챙겨보면 이름난 공간들이 아니라 아무렇지도 않게 맞닥뜨렸던 순간들인 경우가 많다. 한 개인에게 죽기까지 지워지지 않는 기억 또한 예기치 않게 겪게 되는 삶의 순간들임을 환기해보면 찰나와 영원은 일맥一脈인 셈이다. 우연히 버스 유리창에 비친 어느 다방의 풍경 속에서 질문이 움튼다. 사는 것이 도대체 무엇인가? 저 '앳된 여자'는 왜 저 풍경 속에서 손톱을 다듬고 있어야 하는가? 물론 그 '여자'의 평범할 수 없는 삶의 안팎이 직감으로 스쳤으리라. 그 답은 간단하지 않고 섣불리 결론 내릴 수도 없다. '나'의 삶이 '시흥에서 소사 가는 길' 중간에서 잠시 다방 창문에 비친 까닭을 설명할 수 없듯이. 마침 다방 위층은 기원棋院이다. 온갖 생의 은유가 펼쳐졌다가 지워지는 현장이다. 그 위로는 비행기가 지나간다. 다른 세계, 미지의 세계로 가는 행로다.

『그 바람을 다 걸어야 한다』, 문학과지성사, 2004.

소월의 「산유화」

—김소월(1902~1934)

은일隱逸이라는 말이 있다. 세상을 피하여 숨는다는 말이다. 어디도 세상 아닌 곳은 없으므로 세상을 피할 수는 없다. 은자란 세속적 가치에서 놓여난 자라는 뜻일 것이다. 어려운 일이다. 그러나 그렇지 않고는 절대 꽃 피고 지는 것 볼 수 없다. 꽃은 피어도 아무에게나 꽃이 아니다. 산에는 꽃이 핀다는 말이 그래서 큰말이다.

『진달래꽃』, 휴먼앤북스, 2011.

손톱에 봉선화 물을 들이면서

—**허난설헌**(1563~1589)

뜰에 봉숭아 만발했다. 울 밑에 선 봉선화야 네 모양이 처량하다 하며 유성기로 듣던 옛 목소리를 떠올린다면 요즘 친구들은 당신도 참 오래되었소 할 것 같다. 그러나 나는 할 수 없이 그 노래를 떠올리고 그다음으로는 봉숭아 꽃물 들인 아이들의 손톱을 떠올린다. 그것은 참으로 기발하고도 거룩한 행사라고만 생각된다. 길고 지루한 장마 지나 열 손가락에 그 은은하고 서글픈 빛깔을 물들여서 추석 무렵까지 들여다보던 마음씨의 기원을 짐작해본다. 5백여 년 전 모노크롬의 시간 속에서 걸어나오는 컬러풀한, 참으로 아름다운 아가씨를 맞는다.

『한국역대여류한시문선』 상, 김지용 편역, 명문당, 2005.

수면

—**권혁웅**(1967~)

물가에 앉으면 우리는 늘 무엇인가를 하나씩 던져본다. 물에게서 무엇을 보자는 것인지 까닭은 없었다. 물은 늘 동그랗게 답한다. 동그랗게. 그 동그란 파문이 비밀이다. 비로소 우리는 그것을 깨워보려고 돌을 던졌다는 것을 안다. 나 자신도 스스로 파문이다. 그러나 그 파문의 진원지는 스스로도 알 수 없다. 우리는 세상에 그렇게 내던져졌다. '당신'은 내 눈동자에서 수없는 파문을 일으키다 사라졌다. 나 또한 그랬으리. 파문의 가장자리, 그게 눈물이다. 사랑 하나에 세상 한 번! 여러 세상이 지나간다. 눈물의 시다.

『마징가 계보학』, 창비, 2005.

수차

—김중식(1967~)

오직 하나의 바퀴로 달려도 달려도 앞으로 나아가지 않는 차가 있다. 대신 어느 날 제 길이 빛나기 시작한다. 끝까지 가는 차가 아니라 빛날 때까지 가는 차다. 평생 가서 '제자리'를 만난다면 염부의 길이 아니라 성자의 길일 것이다. 예전에 인천 앞바다에 염전들 많았다. 남향한 소금 창고들이 중세의 낡은 성당들 같았다. 왜 다르랴. '소금' 창고였는데.

『황금빛 모서리』, 문학과지성사, 1993.

숲

—**정희성**(1945~)

나뭇잎이 우수수 져내린 산길로 들어선다. 한 발짝 내디딜 때마다 나의 소리가, 내가 움직이는 소리가 내 귀를 청명하게 한다. 숲의 귀도 청명하리라. 내가 이렇게 나뭇잎을 밟으면 그대로 '네가 나뭇잎을 밟았노라' 소리 내고, 내가 미끄러져 넘어지면 가장 정직하게 좀더 소란한 소리로써 내가 미끄러져 넘어졌음의 소리를 되돌려준다. 가끔 삭정이가 꺾어지기도 하며 나의 긴장을 요구하니 숲길과 나는 저절로 근원적 모국어의 대화를 하는 셈이다.

나무와 나무 사이 그 종種과 속屬이 달라도 저희끼리 그런 대화를 나누리라. 그리하여 이상적인 균형을 맞추어 이처럼 화평한 숲을 이루었으니 '숲'이라는 모자이크야말로 사람과 사람 사이에도 구현해야 할 마음의 지도겠다.

그러나 '그대와 나는 왜 숲이 아닌가!' 나는 내가 너무 크고 그대는 그대가 너무 크니 온 땅을 다 '내 것'으로만 하고 싶은 까닭이 아니겠는가. 한 가지 나무로만 된 숲을 나는 보지 못했으니 내가 너로부터 온 것임을, 그래서 숲임을! 나는 몇 번씩 넘어지며 산길을 갔다.

『저문 강에 삽을 씻고』, 창비, 1978.

슬픈 새

—**로버트 프로스트**(1874~1963)

되는 일이 없었다. 연애는 흐지부지 안타깝기만 하고 돈을 벌겠다고 벌인 일이 모두 물거품이 되었다. 식구들은 모두 말할 수 없는 사정들로 얽혔다. 전화를 받으면 친구들은 장사를 하려든다. 외딴 데를 찾을 수밖에 없다. 조용히 책권이라도 읽자고 덤벼보지만 그것도 쉬 눈길이 고정되지 않는다. 종일 이리저리 서성이다 발견하게 되는 것이 있다. 잠 못 드는 머리맡에 어제 돋았던 별이 다시 돋는다는 것. 그것도 젖어서 돋는다는 것. 그리고 저편에 서 있는 한 나뭇가지에 새가 자주 와 운다는 것. 그러나 어떤 날은 그 새를 쫓아버릴 수밖에는 없는 날도 있다는 것. 그러나 그것이 한없이 맘에 걸린다는 것.

『불과 얼음』, 정현종 옮김, 민음사, 1973.

시인

—최승자(1952~)

지나간 시간 중에서 중요한 것을 골라 기록한 것을 우리는 역사라고 부른다. 오래도록 썩지 않는 시간의 뼈인 셈이다. 개인의 그것은 타인에게 열람이 허락되지 않는 사적私的 기억일 테고 모두의 그것은 미래를 비추는, 광장에 걸린 거울이다. 역사가는 시간과 사건을 삼키고 시인은 사랑을 삼킨다. 사랑을 삼켜 노래해야 할 시인이 역사를 삼켜야만 하는 시대가 있었다. 역사를 삼켰더니 컹컹거리는 개 짖는 소리가 난다. 어떠한 역사인가? 소화되지 않고 뱉어낼 수도 없는 질식의 시대가 있었다. 차라리 모든 것을 내준 폐광廢鑛이고 싶다는 사랑의 눈금은 얼마나 빛나는가. 시인의 자리를 이토록 치열하게 보여준 시를 나는 보지 못했다. 사람들은 시인을 술 마시고 한가하게 노는 사람으로 여기기도 한다.

『즐거운 일기』, 문학과지성사, 1984.

시인은

—이한직(1921~1976)

시란 무엇이고 시인이란 어떤 사람일까. 몰라서 다시 물으랴만 닦아놓고 보면 또 다르다. 여기 한 사람 길을 간다. 한 눈을 가리고 간다. 볼 수 없는, 보지 않아야 할 것이 있기 때문. 옥빛 좋은 구슬을 내미는 함정도 있다. 물건은 두고 빛만 갖는다. 둥근 웃음 속으로만 자꾸 걸어가는 사람. 옥구슬 하나 가지지 않은 것 끝내 섭섭하긴 해도, 끝내 번거롭지 않아라!

『이한직 시선』, 이훈 엮음, 지만지, 2012.

심산深山

—유치환(1908~1967)

갈림길을 만났지. 한 길은 도회지로 가는 길이었고 다른 한 길은 산골로 가는 길이었지. 담배 한 대 물고 망설이고 망설였지. 망설임은 깊어져서 길섶 시냇물 소리처럼 골똘했지. 시간이 흘러도 산골로 가는 차는 드물더군. 나는 하는 수 없이 도회지 쪽으로 가는 수밖에. 그러나 버리고 온 한 길이 내내 나를 놓아주지 않는군. 그 길을 따라갔더라면 나는 산울림 아저씨가 되어 있을지, 이를 잡고 있을지, 어떤 생각지 못한 슬픔과 함께하고 있을지 모르겠으나 내내 아쉽군. 그러나 어디 심심산골이 지리적 위치만을 말하는 것이던가! 앞으로 얼마간 시의 눈동자 속 메아리는 같이 이나 잡고 살자고…… 헉! 시의 메아리라!

『유치환 시선』, 배호남 엮음, 지만지, 2012.

쓸쓸한 화석

—이창기(1959~)

겨울의 명물 중 하나는 눈 녹은 진창을 빼놓을 수 없으리라(그게 무슨 명물이냐고?). 날씨가 잠시 풀려서 질척대는 길을 걷는 것은 얼굴 찌푸려지는 일이다. 하나 다시 추위가 몰리면 발자국들이 꽁꽁 얼어 엉켜 있다. 그럴 때 그 흔적들은 예사롭지 않다. 그 '쓸쓸한 화석'은 우리 내면의 자화상과 똑 닮아 있는 것이다(그래서 명물이라고 하면 너무 작위적인가?). 우리 욕망의 무늬가 그렇고, 사랑의 무늬가 그렇고, 이른바 성공의 무늬가 그렇다. 그중 나의 것도 찾아본다. 크고 어지러운 것! 누군가의 발자국을 밟고 있고 또 여기저기 누군가의 것에 짓눌려 있다. 그 '겹침'이 사랑뿐이라면 오죽 좋으랴. '발자국' 뒤꿈치 안에 낀 살얼음, 그것이 우리의 삶을 새긴 비문碑文일 것이다. 날이 풀리면 '화석'도 '비문'도 그저 한 물건일 뿐이다. 모두 '무덤'으로 간 흔적이라서 아름답다.

『나라고 할 만한 것이 없다』, 문학과지성사, 2005.

아버지의 쌀

—**우대식**(1965~)

아버지와 나 사이에는 별말이 없었다. 일생 나눈 말이 몇 마디 안 된다. 그게 좀 섭섭했었는데 나와 내 아들 사이에도 말이 없다. 그 대신 아버지와 나 사이에는 저녁이 많다. 뒷모습이 많고 헛기침이 많다. 게다가 그놈의 가난도 많다. 나도 아버지의 밥을 수년 먹었다. 석유곤로와 연탄불을 오가며 찌개를 끓이고 밥솥의 뜸을 들이던 마디 굵은 손. 손등 위에는 백열등 불빛이 중세처럼 조용했다.

여기 '어미 잃은' 어린것, 그래서 자칫 '죽음에 가까운' 아들 곁에서 아버지가 쌀을 씻는다. 그때마다 잃은 아내와 남겨진 아이의 일로 쌀뜨물처럼 흐려지는 마음을, 아버지는 차분히, 차분히 '맑은 물에 몇 번이고' 씻어낸다. '부르르 부르르' 떨면서 잦아들어가는 흰 쌀밥. 처음 보는 밥이다. 솥뚜껑을 열면 뽀얗게 웃으며 피어올랐으리라. 슬픔을 익혔으니! 아버지의 사랑을 꿀떡꿀떡 삼키는 어린 아들을 본다. 철이 들어버린 어린 아들이다.

『설산 국경』, 문예중앙, 2013.

아지랑이

—**조오현**(1932~)

문밖에 자물쇠를 채운 선방禪房을 본 적이 있다. 주위는 고요했고 마음은 서늘했다. 그들이 심심해서, 세상살이가 싫어서 그 방을 찾아간 것이겠는가. 그들의 용맹勇猛은 아름답고 그들의 자세는 모두에게 날카로운 경책警策이다. 유명 무명 설렁탕집이나 수소문하고 콩자반 타령이나 하는 우리네 일상인들, 진리는 사돈의 팔촌까지도 자취 없고 취업률 타령이나 떠들어대는 속되고 속된 상아탑들을 내려친다. 하나 아무도 아파하지 않는다. 거짓은 힘이 세다. 아주 세다.

지금보다 더 푸근한 안락의자를 차지해 앉겠다고 아귀다툼을 하는 인간이 있고 '한 소식'을 위해 지금보다 더 가파른 깜깜절벽 끝을 찾아가는 인간이 있다. 나는 지금 아지랑이 위에 앉아 있다. 세상 모든 명령이 몸뚱이는 부를 수 있을지 모르나 마음은 얻지 못하는 아지랑이며, 대리석에 꽝꽝 새겨넣은 우스운 묘비명들도 모두 아지랑이다. 그 소식이다!

『아득한 성자』, 시학, 2007.

안개의 나라

—김광규(1941~)

지금도 우리는 여전히 '안개의 나라'에 살고 있는지 모른다. 모든 것이 가려져서 불투명하다. 정치는 정치대로 종교는 종교대로, 미래가 보이지 않는 안개의 나라. 선거철이 되면 '장미의 나날'이 곧 온다는 안개 같은 말이 온 나라를 덮는 나라. 그런데 주먹을 휘두르는 꼬마 아이들이 안개처럼 몰려다닌다. 너무 익숙해져서일까? '왜?'라고 질문하지도 않는다. 희망이 안개 속에 숨어서일까? 나는, 우리는 투명하고 명징한 나라의 백성이고 싶다. 나는, 우리는 멀리 산과 수평선이, 그리고 꿈꾸는 일이 모두 투명하게 내다보이는 나라의 백성이고 싶다. 의심으로 가득한 토끼 귀를 달고는 우스꽝스럽게 살고 싶지 않다. 안개 걷힌 화창한 나라의 화창한 백성으로 살고 싶다. 그곳에 도달해야 한다!

『우리를 적시는 마지막 꿈』, 문학과지성사, 2002.

어느 거장의 죽음

—노향림(1942~)

한 위대한 피아니스트가 있다. 연주회장에서 그의 음악을 들으면 시선이 손가락 끝에 머물지 않고 음파音波의 출렁임을 따라 연주자의 감정 속으로, 또 그 곡을 작곡한 음악가의 비탄과 환희와 평화의 드라마 속으로 회통會通하고 스민다. 그리고 마지막에는 스스로의 내면과 마주한다. 어디선가 날아드는 새들, 아름다운 영감靈感의 날개들이다. 그것들이 연미복 속에 둥지를 튼다. 비록 손은 떨리나 예술의 영감은 새의 날카로운 부리가 되어 건반을 찍어 빛을 튀게 만든다. 그 새들이 허공으로 모두 날아갈 때 위대한 피아니스트의 생애는 마감된다. 새들은 모두 우리의 내면으로 날아온 것이다.

위대한 유산이란 돌을 깎아 새겨놓는 어설픈 업적이 아니다. 영원한 시간을 관통하는 인간 구원의 메시지가 반드시 포함되어야 비로소 위대하다고 말할 수 있으리라.

『바다가 처음 번역된 문장』, 실천문학사, 2012.

어디로?

—**최하림**(1939~2010)

조석('아침저녁으로'라고 썼다가 지우고)으로 선선하다. 황혼녘이 가깝다는 징후. 모두 집으로 돌아갈 시간이나 한 사내 사립을 밀며 나오니 웬일인가. 물위를 걸어가기 위함이고 물을 보기 위함이고 스스로를 보기 위함이다. 아마도 일생 가장 깊은 소沼에 스스로를 비춰보는 것이리라. 고사관수도高士觀水圖가 따로 있으랴. 톨스토이가 겹쳐지고 죽음이 겹쳐진다. 어디로? 침묵 속으로다. 이럴 때 성큼성큼 다가올 어둠은 종소리와도 같은 것이리. 종鐘은 어디쯤에 달으셨을까?

『풍경 뒤의 풍경』, 문학과지성사, 2001.

억새풀

—이윤학(1965~)

암소가 뜯어먹은 풀 자국은 이쁘죠. 오, 그 풀 뜯는 소리. 사람이 암소 편이라 그렇죠. 억새는 상처를 아물리느라 염천 하늘 아래 힘겹죠. 제 상처를 되도록 멀리 보내는 억새는 그래서 이름이 억새인지 모릅니다. 제 상처를 되도록 멀리 보내다보면 거기 이슬 맺고 억새꽃 핍니다. 칼집에서 솜꽃 피니, 억새꽃 보면 숨 한번 깊이 들이쉽시다. 칼들 먹고 암소는 송아지를 낳았을 것!

『그림자를 마신다』, 문학과지성사, 2005.

옛날 국수 가게

—정진규(1939~)

골목 어귀에서 국수를 뽑으며 일생을 사는 사람을 생각해 보자. 대목도 없겠고 흉할 일도 없겠고 이름이 날 리도 없겠고 딱히 낙심할 일도 없겠다. 조금만 더 욕심 부렸다면 이미 사라졌을 미묘하고 명 긴 평심平心의 제조업. 닮고 싶다. 국숫발로 경천위지經天緯地하고 있을 그 마당, 심상찮은 공부터도 될 듯.

『본색』, 천년의시작, 2004.

옛날 사람

—**곽효환**(1967~)

그 흔적을 더듬어보고 싶다면 아름다운 사랑이었을 것이다. 반추하여 미소 지을 수 있다면 그건 이미 완성된 사랑일 것이다. 모든 지나간 사랑의 시간들이 소박했다면 얼마나 좋을까. 다시는 생각하고 싶지 않은 사랑의 기억도 있고 당장 물리고 싶은 얽매인 연애도 있으니, 그리움은 미래를 향할까 과거를 향할까. 추억으로 만족할 수 없어 꿈을 갖는 것이 또한 사랑의 속성이니 다만 지금 우리가 하고 있는 사랑이 맨 나중까지 나쁘지만 않았으면 좋겠다.

『지도에 없는 집』, 문학과지성사, 2010.

오미자술

—**황동규**(1938~)

술 익는 시간이다. 지금, 뭇 열매로 담근 '올해의 술'들이 선반에서, 컴컴한 지하에서, 책꽂이 모퉁이에서 숨죽여 익고 있을 것이다. 숨죽일수록, 그러나 언젠가 누군가의 가슴으로 스며들어 폭발할 웃음 '분자'는 짙어지리라. 지난 한 해 살이의 보람이 고스란히 열매의 빛깔과 향기로 스몄을 터이니 그것을 녹여 몸에 들이는 일은 생각해보면 얼마나 아름다운 풍류인가.

그중 아름다운 술이 오미자다. 이름도 즐거워라. 오미자! 크게 폼잡을 것 없이 허드레 병에 허드레 술 사다가 담그면 '차츰차츰' 제 향과 빛깔을 내어놓는다. 그 영롱한 술 빛을 루비라는 보석에 비할까. 유혹이 아름답다면 슬그머니 넘어가주는 것이 여유요, 멋인 줄 안다. 시쳇말로 융합의 아름다움? 생활에서의 술의 미덕이다.

폭설의 어느 날 투명 잔에 부어 흰 세상을 배경으로 그 환한 액체로 입술을 적시리. 용서하기 어려운 일, 해결되리.

『삶을 살아낸다는 건』, 휴먼앤북스, 2010.

옹관甕棺 1

—**정끝별**(1964~)

빈 항아리 하나를 뉘였더니 거기에서 길이 하나 흘러나온다. 해가 나오고 별이 떠올라 흐른다. 흙이 나오고 흙 위에 길이 열린다. 거기 꽃잎이 뜨겁게 열리고 잠긴다. 그 꽃잎은 한 생명의 매듭이 되고 덫이 되었다가 빛나는 아이가 된다. 아이는 다시 항아리가 되고 어미가 되어 찾아오는 길마다 둥그런 숨을 불어넣는다.

어머니는 항아리다. 우리는 그 항아리에서 나와 그 항아리로 돌아간다. 항아리에 물이 가득하면 그렁그렁하고 항아리에 바람이 스치면 노랫소리를 낸다. 가득참과 텅빔 사이에 그 어떤 것도 없는 어머니. 노래와 기도를 빼면 아무것도 없는 항아리. 노래와 기도로 허리와 등이 구부러져 둥그렇게 말린 항아리. 달빛 아래 오래 항아리를 바라본다. 나를 자꾸만 부르는 것만 같다.

『흰책』, 민음사, 2010.

요를 편다

―장석남(1965～)

새삼스레 요 위에서 보내는 시간이 인생에서 가장 많을 수 있겠구나 하고 허전히 웃은 적이 있습니다. 몸이 곤할 때 그 위에 누우면 세상 같은 것은 그저 아스라한 것이 됩니다. 가장 개인적인 밀실이 그곳인 것입니다. 그만한 공간이면 나서 사랑하다 죽는 데 부족함이 없는 셈입니다. 문득 그것은 가장 하찮은 물건임에도 죽음까지도 부르는 심각한 상징으로 다가왔습니다. 사랑과 죽음은 한몸이니 요는 가장 생산적이고 허무하기도 한, 마음과 몸이 만나는 마당 같다는 생각을 했습니다. 그것은 꽃에 다름아니지요. 타인은 아무도 볼 수 없는, 사랑하는 이와만 나누는 널따란, 푹신한, 게으른 이의 요람인 그 꽃!

『빰에 서쪽을 빛내다』, 창비, 2010.

우물 치는 날

—**정인섭**(1955~)

'겨레'는 같은 말을 쓴다는 의미일 테고 '식구'는 한솥밥을 먹는다는 말, 그리고 '이웃'은 한 우물을 먹는다는 말이나 다름없다. 우물이 있어서 마을이 생겼을 테니 그것은 한 마을의 심장과 같은 것이다. 마을 사람이 모두 모여 우물을 치는 행사가 있었다. '머리를 감아 빗고 흰옷을 갈아입는' 엄숙한 행사였다. 그것은 사람의 마음을 치우는 행사가 아니었겠나. '절구통'과 '살구나무'가 새롭게 보이는 것은 그 때문이다. 마을 사람들이 우물에 빠뜨린 눈물과 그리움은 또 얼마였던가. 시퍼런 하늘의 눈동자에 두레박을 떨어뜨리며 회한에 젖던 시절이 있었다.

『꿈을 꾼 뒤에』, 문학동네, 2002.

원두막園頭幕

—김종삼(1921~1984)

사실 최고의 집은 원두막이다. 이건 위선이 아니다. 가식이 아니다. 참이다. 미학적으로도 그렇고 풍수적으로도 그렇고 다 그렇다. 참이다. 그 집은 건설회사가 지을 수 없다. 명령이 지을 수 없다. 슬픔도 지을 수 없고 기쁨도 지을 수 없다. 오직 담담淡淡한 마음과 담담한 손길과 손길이, 조용조용한 말들이 모여서 지을 수 있는 집이다. 옛 참외밭의 원두막도 도둑을 지키는 집은 아니다. 차라리 밤하늘 어둠을 지키는 집이라고 해야 된다. 그 집이야말로 '무엇인지 모르게 평화'를 주는 집이다. 비바람 부는 날 원두막에 앉아 있어보면 안다. 이즈음 창씨개명한 많은 아파트와 주소들(대볼까?)과는 다른 집. 그런 집을 가진 사람이 참 부자라고 할만하지 않은가? 좀 과장이지만. 위의 마티에르 기법의 산수화의 주인은 어딜 가시었을까?

『북치는 소년』, 민음사, 1979.

유혹

—황지우(1952~)

매에 쫓기던 꿩이 시골집 유리창에 부딪혀 즉사하는 것을 본 적 있다. 적敵에 대해서, 덫에 대해서, 사기詐欺에 대해서 생각해본다. 유리막을 해놓고 자미꽃의 찬란을 보여준다면 죽을둥 살둥 덤비는 것이 어디 말벌뿐이랴. 알겠으나 좀처럼 가닿을 수 없는 나라가 있으니, 그 안타까움은 어떻게 할까. 슬슬 유리 스크린이 내려온다. '겨울의 환幻'이라고 해도 되리라. 대선大選이라는 것 말이다. 우리들은 말벌의 신세가 되고 싶지 않다. 이번 겨울 눈보라 속에 달려나가 사라지고 싶지 않았으면 좋겠다.

『어느 날 나는 흐린 주점에 앉아 있을 거다』, 문학과지성사, 1998.

은행나무

—박형권(1961～)

찬바람에 비로소 뺨이 식는다. 걷었던 소매를 내린다. 나무들도 서둘러 잎들을 내려놓는다. 곧 된서리가 닥칠 것이니까. 이럴 때는 귀가가 늦어진다. 아니 어둠 오는 시간이 빨라진 것인지 모른다. 문 앞에, 아침엔 없던 나뭇잎이 수북하다. 오래 비워둔 집 같다. 잘못 찾아온 집 같다.

그렇다! 오래 비워두었던 '집'에 홀로 가야 할 때인 것이다. 오래 돌아보지 못한 제 본래 모습을 살펴보고 결국 가야만 할 '집'을 둘러볼 시간이다. 은행나무, 은행잎 모두 내려놓으며 우리에게 내려놓을 것 없느냐고 노란 말들을 저렇게도 많이 쏟아 묻는데 우리는 모두 딴청뿐이다.

만약, 만약에 은행잎 몇 장 내밀며 밥 한 끼 달라는 이 있어 기꺼이 밥 한 상 차려주는 식당 주인 있다면 그 집 크게 흥하리라. 한번 해보시라.

『전당포는 항구다』, 창비, 2013.

이런 고요

—유재영(1948~)

고요한 곳 찾기 어렵다. 내 숨소리 들어본 것이 언제인가. 내 발소리 들어본 지 언제인가. 근처에 새가 와서 울어도 그 소리가 반짝이질 않는다. 떠도는 온갖 소리들이 가리기 때문이다. 자기 시간이 잠시도 고요하지 않다면 반성이 있을 수 있을까? 고요의 맑은 거울 속에서만 제 자신을 비춰볼 수 있는 것. 갈겨니 새끼들 튀는, 구름 잠긴 저 저수지의 고요, 빛나는 시간이다. 고요 두어 마지기 가꿀 줄 알아야 참 사람이리.

『변성기의 아침』, 시인생각, 2013.

이런 꽃

—**오태환**(1960~)

딱히 어디랄 것 없이 무겁고 아픈 것, 그러니까 '허드레로' 아픈 것은 몸이 아픈 것이 아니리라. 그리운 이를 보지 못해 생긴 병이며 어딘가에서 나를 보고 싶어하는 이가 있어 생긴, 자기도 모르는 아련한 마음의 통증인지 모른다. 그 목마름의 경험 없는 이 있으랴. 그러한 날은 오래 방치해둔 마음자리를 펼쳐놓고 더듬어 살펴봐야 한다.

별바른(좋은) 데를 찾아다니며 쪼그려 앉아 그리운 이들을 불러본다. 어머니, 이마 푸른 시절의 그녀들, 혹 마음을 저리게 했던 누군가도 있었을까? 그렇게 '에돌다'보면 그들 얼굴이 하나씩 나타날 테니 그 눈동자를 바라보며 함께 눈이 젖고 나면 비로소 마음 위에 한 송이 꽃이 피어나리라. 그것은 청신하게 씻어 올려놓은 백자 사발 같은 꽃이리라.

서양말을 끌어 써서 유감이지만 '힐링'이 유행어다. 그것은 '빈 그릇 부시듯 피는 꽃(마음)'의 발견이다.

『복사꽃, 천지간의 우수리』, 시로여는세상, 2013.

입적入寂

—곽재구(1954~)

여행길에서 문득 한 풍경風景을 만난다. 여행이란 무릇 그런 것이다. 한 깨우침의 풍경을 만나기 위해 떠나는 것이다. 사진이나 철썩철썩 찍고 오는 이름난 명승지를 찾는 '관광'에서 어디 그러한 풍경을 만날 수 있던가. 그곳을 이탈했을 때 만나는 숨은 생生의 진경眞景 속에 참례參禮해보는 것, 그것이 여행이리라. 여기 그러한 풍경이 있다.

대代를 물린 낡은 재봉틀에 한 사람이 앉았다. 문은 열려 있다. 마당의 보리수나무가 수런수런 그늘을 늘어뜨리고 바람을 맞아 흔들리고 있다. 무심히 재봉틀 페달을 멈추고 이 사람, 자신의 자리에 예전에 앉아 있던 아버지의 모습을 떠올린다. 하나도 변한 것은 없다. 다만 지금 아버지는 없고 내가 그 아버지가 되어 그 자리에 앉아 있다. 새소리의 청명도 그대로다. 아버지가 듣고 고개를 들던 새의 노래를 내가 다시 듣고 고개를 든다. 나는 누구고 아버지는 누구였단 말인가. 안팎이 따로 어디란 말인가.

『와온 바다』, 창비, 2012.

장금도의 춤

—**박남준**(1957~)

한 손을 내밀어 멀리 뻗는다. 숨을 고르고서 아주 천천히 하늘이 쏟아지지 않도록 손등에 길게 펼쳐 얹고는 물에서 건져올리듯 무겁게 들어올리고는 일순 정지. 가늘고 긴 호흡 끝으로 검지 끝을 툭! 쳐올려 멀리 보낸다. 그러면 어떤 남색 파문이 저편으로 번져나간다. 가끔 나는 이런 동작을 혼자 앉은 채 해볼 때가 있다. 나는 내 미소를 그때 만난다.

춤은 옥죄고 얽은 모든 것을 벗어 내려놓는 일. 춤의 종내終乃는 몸마저 벗고 저만치 깨끗한 혼의 벌거숭이로 나서는 일. 말의 독에 시달리는 인생들에게 입은 꼭 닫고 몸으로, 온몸으로 영혼을 풀어주는 예술.

얼마 전 장금도 선생의 민살풀이춤 공연이 있었다. 못 갔다. 일생 후회가 될 것이다. 그 우주적 가락, 신명의 큰 질서에 생의 무게를 얹어보는 기쁨을 우리 같은 오합지졸은 알아볼 수 없다. 그러나 그 전통을 향한 침잠 끝에 솟아나는 진정한 개성의 몸짓에 경배를 숨길 것인가. 값싼 도량형으로는 잴 수 없는 세계다. 우화등선! 생을 모두 모아 춤추고 싶다.

『그 아저씨네 간이 휴게실 아래』, 실천문학사, 2010.

저녁별처럼

—문정희(1947~)

어린 시절 소리 지르며 발 구르며 기도하는 장면을 본 적이 있다. 괴이쩍었다. 무엇을 구하는 것일까? 간혹 북한 방송을 통해 보게 되는, 눈물 흘리고 발을 구르며 일제히 두 손을 열렬히 흔들며 소리치는 모습에선 어린 시절의 그 장면이 떠오르기도 한다. 기도란 무엇을 구하는 형식인가? 기도란 자기를 줄이고 버리는 마음가짐이 아닐까? 여기 아름다운 기도의 형식이 있으니 고요히 서 있는 저 나무의 자세와, 초록을 다해 일어서는 풀잎들, 겸허히 숨죽인 바위들의 자세가 그것이다. 다만 침묵에 귀기울여 스스로 고요해지는 그것이다. 그리하면 깊고 편안한 저녁별의 세계에 도달하리라.

『나는 문이다』, 뿔, 2007.

저녁이 눈뜰 때

—**장옥관**(1955～)

저녁이면 귀가하여 손 씻고 어둠 앞에 오늘 하루 살아온 내력을 이야기해야 한다. 만난 사람, 슬픈 일, 웃은 일, 잊지 않아야 할 일…… 일들…… 그러나 귀가하지 않는, 귀가할 수 없는 삶이 있으니 집이 없는 것이다. 집을 잃고 모두 얼마가 나가는 등기소유자들이 되어서 전전긍긍이다. '밤별의 눈시울 들썩이는 지붕 아래'의 저 쓸쓸함은 얼마나 큰 공부인가? 저녁이 '눈뜨는' 이유다.

『하늘 우물』, 세계사, 2003.

저수지는 웃는다

—**유홍준**(1962~)

물가에 오래 앉아 있는 사람은 다 내 친구다. 나는 그 사람을 이해할 것 같고, 그 사람이 그 자리에 앉은 내력을 이미 다 안다. 상선약수上善若水(최고 선은 물과 같다)니, 흐르는 것이 어디 물뿐이랴 어쩌고 하는 것은 뒤미처 오는 말일 뿐 물가에 앉은 사람은 그것 '이전'이다.

내 아버지도, 할아버지도 다 그렇게 그 자세로, 말하자면 두 손을 깍지로 끼고 무릎을 싸안고 실한 풀포기 위에 앉아 구름도, 저녁별도 보고 있었다. 그는 스스로 조상 대대로 흘러내려오는 물길의 저수지였으니 돌멩이 하나 던져 만드는 무위無爲의 파문 하나로 그 터져나갈 것 같은, 그러나 아주 터져나가면 안 되는 거대한 무거움을 다독일 뿐이다.

『저녁의 슬하』, 창비, 2011.

점집 앞

—장석주(1955~)

팔자라고도 하고 운명이라고도 하는, 도저히 믿고 싶지 않은 일이나 끝끝내 믿고만 싶은 일들이 우리 생生 가운데는 부지기수다. 누가 날보고 시를 쓰라고 강요했으리요. 지금 곁의 이 사람과 살게 될 줄 누가 알았겠으며, 미래의 모든 행불행幸不幸의 출처를 어찌 알리요.

우습지만 나도 '그 집'을 찾은 적이 있다. 운명을 점친다는데 어찌 궁금하지 않겠는가. 결론은 싱거웠다. '그게 네 인생이야……' 이 기생 아가씨 민망함에 점집 앞에서 망설이다가 만발한 살구나무에 문득 깨우치는 바 있었으니 점집에 들어서지 않아도 되겠다.

지금 나를 사랑하는 것, 지금 나의 불행까지를 껴안고 사랑하는 것, 그것이 선善이고 그것이 운명이라고 세상의 시인은 노래하고 무당도 그렇게 얘기해줄 것이다. 시 속 관기官妓의 저 '타고난' 새 춤사위를 보라! 춤꾼의 아픔은 춤으로 극복되는 것이다.

『절벽』, 세계사, 2007.

종소리

—서정춘(1941~)

물 건너온 종의 깽깽거리는 것, 여기 오라는 그 '신호' 말고 우리나라 옛 종소리, 들리는 그 자리에서 그만 깊이깊이 가라앉아보라는 그 소리 들으면 이미 없는 아버지도 어머니도 나랑 같이 나란히 서 있고 신라도 백제도 울긋불긋 지나간다. 덩— 하고 한번 울리면 그 소리 가다가 되돌아오고 되돌아오다가 다시 간다. 그렇게 밀물 썰물처럼 하며 만물에 스미니 봄 산은 그 소리로 푸르러지고 가을 산은 그 소리로 붉게 물든다. 선운사 동백은 그 소리를 양식 삼아 그토록 붉은 꽃을 내밀고 수덕사 앞 산맥山脈들은 그 소리를 먹고서 그토록 흥겹게 덩실거리는 거다.

인간은 무슨 결론으로 종을 만들었을까? 그 결론이야말로 가장 위대하지 않은가! 그 소리 안에 못 담을 것이 없어서 '괄호'요, 그 배부름 한없이 투명하여 백자 항아리 아닌가. 그 종소리 귀담아들을 생각 없다면 무슨 인생을 살았다고 하겠나. 하루 반은 혀끝소리 말고 종소리로 말하고 종소리의 말로 살고 싶다.

『귀』, 시와시학사, 2005.

좌복

—이홍섭(1965~)

우리들 생生의 지도에는 여러 갈래 '찔레나무' 가지들이 굽이쳐 있다. 그 모든 길을 다 갈 수 없으니 하나만 택할 수밖에. 그러나 그 끝에 이르렀을 때, 그래서 더이상 가야 할지 아니면 되돌아와 다른 가지로 가야 할지 망설여질 때, 우리는 오래 하늘을 볼 수밖에 없다. 게다가 어리석은 자벌레인 우리는.

허리와 머리와 무릎을 굽혀 가지런히 절하면, '나'라는 것은 맑은 물이 되어 순리順理대로 흐르고 고인다. 그때 그 절하는 우리는 앞으로 나아가는 자벌레가 아니라 속으로 들어가는 자벌레인 셈이다. 그 사람의 말소리는 낮아지고 얼굴은 편안해지며 다투던 일도 줄게 된다. 절은 스스로를 낮추는 일이다. 낮은 데에 이르러야 비로소 보이고 들리는 것이 있지 않은가. 저 우리가 갈구하는 진리眞理 말이다. 교회에 하나님이 있고 절에 부처님이 있다고 생각하는 어리석은 사람이 있다. 낮은 곳, 힘들고 어려운 삶들, 그들에게 절하는 좌복이 없다면 높은 사람이 아니리.

『터미널』, 문학동네, 2011.

죽은 나무

—**최창균**(1960~)

마당가에 나무 심는데 옆집 여자 나타나 나무를 심지 말란다. 자기집 쪽으로 나뭇잎 떨어진단다. 오, 맙소사. 몽매여! 하나 가르쳐드리자면 인류를 위한 가장 손쉬운 일 하나가 나무를 심는 일 아닐까? 나무가 죽으면 멀리 가던 향기는 하는 수 없이 걸어 내려올 수밖에. 죽은 나무는 인류를 추모하는 '검은 촛불'이다. 저 가뭄에 목 타는 나무를 살려라!

『백년 자작나무숲에 살자』, 창비, 2004.

지게

—김영승(1959~)

내가 주로 다니는 역은 한성대·대학로·왕십리·청량리·용문 등등이다. 거기서 슬프고 괴롭고 더운 노인들이 '그래도 나는 다녀야겠다'는 표정을 하시고는 부지런히, 느리게 다니시는 것이다. 어느 환승역 지하에서 만나는, 시골 노인이 펼쳐놓은 더덕 향내는 우리를 잠시 눈물겹고 찬란한 생동의 숲으로 이끈다. 나는 그 향기를 따라 가난하나 평안한 어느 간이역을 지나고 무성한 숲을 지나 계곡으로 들어선다. 호젓한 물소리가 간절하다. 물소리는 과연 무슨 말씀을 하시는가. '낮고 조용히 흐르는 거야. 그게 최선이야.' 이렇게 말씀하시겠지. 무덥고 힘겨운 일상의 시간을 잠시 떠나보는 것이다.

그 아름다운 숲을 빠져나와 다시 닿는 간이역. 어머니역. 거기는 에어컨도 나오지 않고 화장실도 쾌적하지 않고 이제 아버지라는 손님도 영영 기다릴 수 없는 쓸쓸한 역이다. 곧 내가 이 여름을 지나면 닿을 '단풍역'. 우리는 등에 그, 시간이라는 '지게'를 메고 다닌다. 무겁다. 그러나 그 시간이 우리를 영원히 평안한 세계로 메고 가지 않을 것인가.

『화창』, 세계사, 2008.

지나치지 않음에 대하여

—**박상천**(1955~)

일등 말고 중간쯤이면 좋겠다고 생각하는 사람은 찾아보기 쉽지 않다. 일등, 세계 최고, 일류를 강조하는 세상이다. 본인은 아니었어도 자녀는 일등을 하라고 내몬다. 그러다가 화를 자초하기도 한다. 세속을 떠날 수 없는 범인凡人들에게 어쩌면 자연스러운 일이다. 한데 그들만이 살아남는다고 말한다. 하지만 그건 아니다. 서열이 있는 한 반드시 중간이 있고 꼴찌가 있는데 그들은 다 죽는다는 말 같아 아프다. 실은 모두가 일등이다. 세상에 하나밖에 없는 각자의 생生인데 그들이 몇 등이라니 도대체 무슨 말인가. 그런 맥락에서 초등학교 졸업이 최종 학력인 김기덕 감독의 소식은 통쾌하다(일등상이 아닌 황금사자라는 상 이름은 얼마나 멋진가!). 시도 예술도 깊이 대신 번쩍번쩍 기교가 늘어간다. 이목을 끌기 위해서다. 대교약졸大巧若拙(매우 교묘한 솜씨는 서투른 것같이 보인다)이라고 했던가. '찻잔의 온기' 같은 이 담담한 시의 풍경과 진술 속에서 평범함의 위안과 휴식을 구한다.

『5679는 나를 불안케 한다』, 문학아카데미, 1997.

지리멸렬

—**허연**(1966~)

첫눈 지나고 세찬 바람 한번 지나자 이미 겨울이 깊을 대로 깊은 듯하다. 하긴 겨울이 사다리는 아니니까. 차례대로 하루씩 깊어지는 것도 아니니까. 들판은 황량하고 간혹 그 들판 모퉁이에 모여서 술추렴을 하는 이들의 모습이 보인다. 문득 불가사의한 풍경이라고 느낀다. 하필 왜 저런 풍경의 파티를 벌인단 말인가. 그들의 내면은 바람 소리들이 대신 수군대고 흩어진 지푸라기들이 대신 보여준다. 그들의 지난 1년 살림이 참나무 장작같이 괄지 못했고 짚불처럼 지리멸렬했음을 변명하는 파티일 것만 같다.

분명한 것은 추수할 것이 없는 생生의 국면이 있다는 것이다. 노력이 부족했다느니 따위의 하기 좋은 소리로 묶을 수 없는 운명의 측면이 있다는 것이다. 사랑이 그러할 수도 있고 명예가 그러할 수도 있다. 그러한 생의 허기진 폐허가 비리고도 쓸쓸히 부조浮彫되어 있다. 울음도 사치일 것만 같은 음화陰畵가 아름답다.

『내가 원하는 천사』, 문학과지성사, 2012.

창밖에는

—**정양**(1942~)

텔레비전 끄면 바로 거기가 산골이다. 도연명이 말한 수레 소리 시끄럽지 않은 그곳 말이다. 자유란 남 눈치 보지 않는 것. 매일 내 집값을 다른 사람이 올렸다 내렸다 하질 않나 흉한 말 파편들이 방바닥으로 쏟아져나오질 않나. 그때 해볼 만한 것이 두문불출이다. 그제야 내리는 눈도 눈답다. 다시 눈 속에 갇히겠다. 그러나 갇히는 게 아니라 비로소 세상에서 놓여나는 것이다.

『살아 있는 것들의 무게』, 창비, 1997.

책을 읽으며—못에 관한 명상 35

—김종철(1947~)

책 속으로 기차가 지나간다. 책 속으로 길이 한 갈래 꼬부라져 들어간다. 책 속으로 바람이 불고 책 속에서 나무 한 그루 자란다. 쉽게 잠들 수 없는 나날이 온다. 그러면 우리는 책 속으로 가본다. 우리는 늙도록 책을 끼고 살 수밖에 없다. 책에 무엇이 있던가. 글자와 단어와 문장과 단락들…… 그렇게 기차의 레일처럼 이어진 말들이 있다. 그러나 진정 책 속 문장들을 넘어서야 비로소 의미에 닿는다. 말이라고 하는 물을 다 퍼내야 잡히는 퍼덕이는 물고기. 그 환희! 의미를 관통하라는, 노경老境의 더듬거리는 독서 풍경이 서늘하다.

『못에 관한 명상』, 문학수첩, 2001.

침묵

—**유승도**(1960~)

누군가에게 처음 사랑을 느낄 때 혹은 어떤 연민이 생길 때 그에 딱 맞는 말은 세상에 없다. 빛의 눈부신 파동 같은 것, 저무는 호수의 물기슭 같은 애잔함이 있을 뿐 이미 오염된 세계의 말로 그 신성한 감정은 붙잡히지 않는다. 사랑의 한가운데에 있는 사람은 그래서 사랑에 대한 왈가왈부가 있을 수 없다. 사랑에 대한 답이 있던가? 사랑할 뿐이다.

바람 속에 있는 자, 그저 바람을 견딜 뿐 바람에 대하여 따져 묻지 않는다. 왜? 그 어떤 말도 그에 대한 정답이 아닌 것을 알기 때문이다. 이른바 '묵언정진'이란 말이 있다. 말이 삶의 큰 의미를 실을 수 없음을 알아 말을 내려놓는 것이다. 대개 말이 독이다. 그래서 가장 귀한 말은 '침묵' 안에서 빛난다.

'바람 속에 내가' 있음을 알면 바람 전체가 나이므로 그 처음과 끝은 없는 셈. 그저 열심히 불어갈 뿐이다. 말을 내려놓고 침묵이 그리워 깊은 산골짜기 골바람 속에 든 한 사내가 보인다.

『작은 침묵들을 위하여』, 창비, 1999.

튤립

—**김영남**(1957~)

제 가진 붉음 다해 핀 튤립, 제 가진 노랑 다해 핀 튤립, '울금화鬱金花'라고도 하던가. 감정이 기진하면 울음이 되던가. 가슴이 벅차도 울음이 되던가. 존재 전부가 울음인 아름다운 꽃들, 우리는 한때 그러한 꽃이었던 것이다. 꽃밭 같은 마음, 꽃밭 같은 몸뚱어리, 그것을 달래지 않고서야 세상 어떤 일을 할 수 있겠는가. 그것을 달래는 일이 일생의 과제인지도 모른다.

어느 날 그 곁으로 한 소녀가 왔다. 그뿐이다. 그러나 존재 전체를 다해 울던 울음도 그칠 만한 순간이다. 딱 하나만 꺾어들고 소녀는 갔다. 그뿐이다. 수많은 애욕愛慾이 다시 울기 시작한다. 우리는 끝내 찬란히 달랠 수밖에는 없다. 도道를 닦는다는 말이다.

『가을 파로호』, 문학과지성사, 2011.

파도는

—**오세영**(1942~)

파도의 물리적 현상이 궁금한 적이 있었다. 지구의 기우뚱거림이라고 엉뚱하게 생각한 적이 있었다. 파도 소리를 듣고 먹고 입고 자란 사람에게 뭐 파도의 현상이 그리 궁금하랴 싶지만 그것은 여전히 신비다. 여기 파도의 한 해석이 제시되었으니 그 소멸이 즐거워 그러할 것이라는, 게다가 저, 사나운 해협과 대양을 넘어서 온 장대한 말씀이라는 해석이다. 그렇다면 우리 정신도 생애도 파도타기를 꿈꾸어야 하지 않겠나! 소멸의 아름다움을 꿈꾼다.

『밤 하늘의 바둑판』, 서정시학, 2011.

판화

—신덕룡(1956～)

타인의 연애를 바라보면 웃음이 절로 난다. 나의 지난 연애를 돌아봐도 웃음이 절로 난다. 웃음이 절로 나니 다행이지 울음이 절로 나서야 인류가 이 일을 되풀이했겠나. 이 판화도 우스꽝스러운 사랑의 한 장면인데 사랑에 무슨 죄가 있겠나? 하늘이 싫어할 일이 아닐진대. 한데 변산반도가 자꾸만 변심반도같이 읽히니 또 웃음 절로 난다. 어쩔 도리 없다. 사랑은 그렇듯 늘 기웃한 구도다.

『소리의 감옥』, 천년의시작, 2006.

폐점

—**박주택**(1959~)

보증금 천만 원에 권리금 천만 원, 월세 50만 원, 두어 평의 옷집이었다. 낡은 에어컨값으로는 밀린 전기세를 대신해달라는 조건이었다. 먼지 묻은 전구를 닦아 환하게 가게를 밝히고 떡을 돌리고 새 옷들을 떼다가 걸고는 작은 꿈을 이루었노라 웃었다. 그러나…… 생각해보았다. 무슨 죄가 있었나? 가을이 되었다. 봄옷과 여름옷들을 먼지를 털어가며 종이 박스에 넣는다. 찢어지듯 소리치는 비닐테이프를 감아 한쪽에 밀쳐둔다. 다시 풀어볼 때가 있을까? 청춘과 희망을 봉하는 가을이다. 잠에서 깨어보니 낯선 방이다. 하나 자세히 둘러보니 나의 집이다. 이사한 지 얼마 안 된 컴컴한 방이다. 겨우 안심한다. 꿈이 흉했다. '이면도로'의 인생들을 알고 있다. 경사와 매연이 심한 가족사를 모두 처분하고 싶은 인생들을 알고 있다. 불 꺼진 인생들을 알고 있다. 그들의 얼굴이 나라의 얼굴인 줄도 알고 있다. 상점에 환한 불이 켜지는 나라를 꿈꾼다.

『시간의 동공』, 문학과지성사, 2009.

풀 잡기

—박성우(1971~)

상강霜降이 지났다. 산간山間에 있는 집 마당가의 아직 푸른 채소들은 첫서리를 맞아 폭삭 내려앉았다. 때를 모른 것들이다. 어찌 아는 것일까? 야생의 잡풀들은 이미 모두 시들어서 그 눈을 뿌리 아래로 다 모으고 겨울을 맞이한다. 꼼짝 않고 겨우내 '나는 죽었노라' 하며 한철을 날 것이다. 북풍한설北風寒雪 속에서는 그래야만 목숨을 부지할 수 있다.

마른풀 냄새를 맡으며 지난 계절을 생각해본다. 양심상 제초제를 뿌릴 수는 없어 풀을 손으로 뽑아냈다. 하나 풀을 이길 수는 없다. 오죽하면 풀이 제 뒤를 따라온다고 할까. 그러할 때 전원생활의 낭만 운운은 말 그대로 낭만 운운이다. 풀을 이길 수는 없다. 하나 모두 때가 되면 이렇듯 시들어버리는 것을 공연히 맞싸웠다 싶기도 하다. 무상無常을 배운다. 내 욕망도 이러할 것이다. 괭이 내던지고 벌러덩 누워 쉬는 중국 시인 도연명陶淵明을 떠올려본다.

『자두나무 정류장』, 창비, 2011.

플로렌스 그리피스 조이너

—김민정(1976~)

누군가는 여성의 육체를 전쟁터라고 했다지! 욕망의 대상으로 보자면 전쟁터요 미의 대상으로 보자면 그것은 숭고한 정신의 조형. 무엇을 그 아름다움에 비유할 것인가. 그 약동, 조화, 균형, 게다가 속력이라니. 욕망과 비루한 일상의 근심과 비애 들을 일거에 털어내버리고 빛보다 빠른 속도로 내달리고 싶을 때가 있지 않은가. 그 통쾌가 곧 구원이요 삼매요 입정入定 아니겠나. 우리들의 공통된 기억 속에 그러한 숨결이 있었으니 바로 88올림픽 때의 플로렌스 그리피스 조이너라는 흑인 육상선수다. 그이의 '스포츠'는 허튼 지식 나부랭이를 단박에 무력화시키는, 경외敬畏 이상의 무늬를 만들며 달렸고 빛났고 아름다웠다. 이 봄날, 자기로부터의 굳은 막을 뚫고 도약하고 싶은 날들이다. 우당탕탕…… 내면에 이러한 소리가 한번 지나가야겠다. 스포츠의 그 역할, 시와 무엇이 다르랴.

『그녀가 처음, 느끼기 시작했다』, 문학과지성사, 2009.

피곤한 하루의 나머지 시간

—**김수영**(1921~1968)

문득, 나는 지금 무엇을 하고 있지? 나는 왜 여기 이렇게 서 있지? 하는 간단間斷의 시간과 마주할 때가 있다. 생의 목적이 무엇이고 우리는 어디에서 왔으며 어디로 간단 말인가? 이어 묻게 되는 순간이기도 하다. 내가 하는 일은 과연 아름다운 일인가? 그렇지 못할 때 피곤이 온다. 하루의 나머지 시간 혹은 나머지 생 전체가 쓰디쓴 표정으로 눈을 '깜짝거리리라'. 너는 잘못 살고 있다! 나는 나를 사랑할 수 없고 사랑이 빠져나간 나는 생의 의미가 없다. 나 없는 나. 주인 없는 나. 의식이 빠져나간 나. 헛것의 삶. 그때 필요한 것이 산山으로 상징되는 신비의 대상, 기대고 싶은 대상이다. 자연의 오묘 심대한 질서를 '눈을 가늘게 뜨고' 똑바로 바라보며 소리 내어 불러본다. 우주와의 호흡이다. 그때 비로소 내가 우주의 악기임을 실감하게 된다. 얼마 전 김수영 시인의 44주기가 지나갔다. 그의 치열한 부정否定의 정신, 반성反省의 시 정신을 생각해본다.

『김수영 전집 1 시』, 민음사, 1981.

한 꽃송이

—**정현종**(1939~)

다른 데는 아니고 왜 우리는 자주 복도에서 여자의 이쁜 다리를 만나는가? 나는 생각에 잠긴다. 그건 복도기 때문이다. 어딘가로 통하는, 텅 빈, 그래서 두 사람만이 또렷하고 충만한, 여성의 발소리와 남성의 숨소리가 서로 술래가 되는, 복도이기 때문이다. 으째 으스스하다. 그러나 그 아린 순간이 우리를 이승에서 구원하지 않나? 밖으로 나와서도 그 생각 놓고 싶지 않다. 나는 그분 미소를 생각해본다. "너 알지? 그거!" "그럼요, 알다마다요." 하는 수 없이 그 길이 내리막 비탈길일 수밖에 없음도 안다. 그런데 오르막 한 분(근육질)도 그 미소를 보았으리라. 당신 직업이 그거니 그 생각을 하는 거지? 한다. 또 잠시 생각! 사실 이 두 번째 생각이 가장 솔직하고 감미로운 여백이다. 시? 족집게! 잠깐 부정했다가 더 크게 긍정하는 그 사다리가 우리를 어느 쪽으로 건네주느냐 하면 행복의 맨살의 소용돌이. 창窓만으로 된 시였으니…… 그중 하나만이라도 같이 내다봤으니 다행이다.

『한 꽃송이』, 문학과지성사, 1992.

할머니의 새끼

—**신기섭**(1979~2005)

시詩가 고상한 말씀들의 성전聖殿이라고 생각하는 사람들이 있지만 조금만 맞는 생각이다. 사람의 생生이 그렇게만 되어 있지 않기 때문이다. 시가 자연의 아름다운 풍경을 노래하는 것이라고 생각하는 사람이 아직 많지만 그것도 아주 조금만 맞는 말이다. 인생은 그렇지 않기 때문이다. 비루하고 고통스러운 삶이 여기 있으니 손주 하나와 병든 할머니가 슬레이트 화장실이 마당 건너에 딸린 집에서 살아가고 있다. 살아가고 있다는 말이 맞는가? 견디고 있다고 해야 하겠다. 악취 나는 변소에서 손자는 왜 천장에 매달아놓은 줄을 매번 지졌을까? 그렇게 울었던 것이다. 이 소년, 어찌하여 1년 동안만 시인으로 살다 갔을까. 나는 시무룩하다.

『분홍색 흐느낌』, 문학동네, 2006.

햇빛

—이기인(1967~)

빨랫줄을 보는 일은 민망한 일. 그러나 할 수 없이 바라보노라면 너 나 할 것 없이 서글픈 이력들이 펄럭인다. 더구나 '가슴'을 둘러싼 이야기는 더더욱 민망과 슬픔이 깊다. 우리네 여성들은 가슴으로 사랑하고 또 아이들을 키우고 주인 없는 봉분처럼 무너져 달랠 길 없는 슬픔에 휩싸이지 않던가. 우리를 사랑과 함께 살아가게 하는 죄! 시력을 잃을 죄를 생각하니 슬픔이 빨래 더미 같다.

『알쏭달쏭 소녀백과사전』, 창비, 2005.

시인의 말

우리는 세상을 건너간다. 어렵다. 세상을 건너는 방법 중에는 시라고 하는 것을 징검돌로 놓아가며 건너가는 방법도 있다. 시로 세상을 어떻게 건너겠다는 것인가?

우는 목구멍도 있고 떨어진 단추도 있고, 집세는 없다. 시는 그런 걸 단 한 가지도 해결할 수 없다. 그래도 인간은 세상을 건너가야만 한다. 건너가는 것은 건너가는 것이다. 삶을 버리겠는가? 버릴 수 있는 것이 아니지 않은가. 시라는 징검돌을 디뎌 세상을 건너는 법이 있다는 것이다. 그 힘이 좀 미미하긴 하다. 미미하긴 할지언정 결정적이다. 시는 결정적이다. '시적'인 것으로 세상은 '결정적'으로 바뀌었다. 역사를 들여다보아 알게 되는 사실이다. 결정적일 때 늘 시가, 시는 아닐지언정 '시적'인 것이 있었다. 무용無用하되 개인과 역사의 휘돎의 순간을 위한 무용의 언술! 빛으로 자르는 희미함들…… 시의 행간이 빛으로 가득하다는 것을 보통은 잘 모른다……

세상에는 참으로 발 구르게 하는 멋진 시들이 많다. 아쉽게도 그중 나비 발에 묻은 꽃가루만큼이나 적은 양의 시…… 그에 감응(은 실로 컸으나)한 나의 옹색한 독백들을 엮는다. 일러 '웅얼거림의 책'이라고 할 만하다.

질서는 미덕이지만 강요된 질서는 괴롭다. 질서 없는, 시

에 대한 나의 짧디짧은 감흥이 모든 강요된 질서를 무한히 어지럽혔으면 좋겠다.

김민정이라는 은자隱者가 있어서 이러한 특유의 책을 묶게 된다. 그러나 나는 그가 숨어 있는 세상에 다시 가고 싶지는 않다. 그래서 더더욱 고맙다.

2015년 초겨울 삼구서원三驅書院에서
장석남

장석남 1965년 덕적도에서 남. 1987년 경향신문 신춘문예로 처음 시를 발표함. 시집 『고요는 도망가지 말아라』 등.

난다시방 04
시의 정거장

초판 인쇄 2015년 12월 17일
초판 발행 2015년 12월 25일

지은이 | 장석남
펴낸이 | 염현숙
편집인 | 김민정
디자인 | 수류산방(樹流山房)
본문 디자인 | 유현아
마케팅 | 정민호 나해진 박보람 이동엽
홍보 | 김희숙 김상만 한수진 이천희
제작 | 강신은 김동욱 임현식
제작처 | 영신사(인쇄) 경원문화사(제본)

펴낸곳 | (주)문학동네
임프린트 | 난다
출판등록 | 1993년 10월 22일 제406-2003-000045호
주소 | 413-120 경기도 파주시 회동길 210
전자우편 | editor@munhak.com
대표전화 | 031) 955-8888
팩스 | 031) 955-8855
문의전화 | 031) 955-3576(마케팅), 031) 955-2656(편집)
문학동네카페 | http://cafe.naver.com/mhdn

ISBN 978-89-546-3877-7 03810

* 이 도서의 국립중앙도서관 출판예정도서목록(CIP)은 서지정보유통지원시스템 홈페이지(http://seoji.nl.go.kr)와 국가자료공동목록시스템(http://www.nl.go.kr/kolisnet)에서 이용하실 수 있습니다. (CIP 제어번호 : CIP2015032563)

www.munhak.com